내 안의 사막 같은 그리움으로 당신을 사랑합니다

사막에서 금을 캐는 남자

도서
출판 블루홀

" 단조로운 일상 가운데 만난 또 하나의 나 "

어느덧 불혹의 나이를 훌쩍 넘기고만 저로서는 세상에서 가장 값비싼 브랜드의 옷은 바로 '젊음' 이다라는 생각을 늘 하곤 합니다만, 이렇듯 자유로운 그러나 사려 깊은 젊음을 만난다는 것은 기성세대의 한 사람으로서 무척 대견스러운 일입니다.
이런 연유로, 많은 사람들이 편하고 안정된 것을 추구하는 이 시대에, 이런 엉뚱한 젊음을 만날 수 있다는 것은 여간 유쾌한 일이 아닐 수 없습니다.

삭막한 세월 거닐면서도 저마다의 영혼 깊은 곳에 단아한 꿈 하나를 은장도처럼 지니며 살아가지 않는 이가 어디 있으랴만, 우린 오늘 그 꿈에 당차게 그러나 진실하게 마주한 한 젊음의 이야기를 통해 잠시 잊고 지냈었던 내 안의 그 빛 바랜 꿈을 기억하는 것입니다.

책 전반에 드리워져있는 저자의 감각적인, 그러나 삶과 사람에 대한 깊은 묵상이 없으면 지닐 수 없는, 매혹적인 문장들은 저자 역시 젊은 날에 기성세대가 이미 경험하였던 고뇌와 절망들을 외면하지 않으며 당당히 마주하였었던 건강한 젊음이었다는 것을 단적으로 보여줍니다.

이러한 까닭에 저는 이 한 권의 책이 무척 폭넓은 세대의 공감을 받을 수 있을 것이란 생각을 해보는 것입니다.

특별히 저자의 시나 단상 뿐 아니라 성서에 관한 지리적, 역사적 그리고 신학적 접근은 그가 지닌 나이테에 비해 깊이가 느껴지는데, 이는 저자가 일반 젊음과는 구별되는 신앙으로 양육 받아온 기독 청년이라는 사실에 기인되었을 것이라는 생각으로 귀하게 여기는 바입니다.

모쪼록 바쁜 일상은 잠시 잊고 한 젊음이 건네는 유쾌한 일탈에로의 초대에 기꺼이 응하여 여러분 안에 내버려진 그래서 황폐해진 그 사막과, 애써 외면하려 하였었던 또 하나의 자신에게 정직히 마주하였으면 하는 기대 간절합니다.

왜냐하면 꿈은 반드시 이루어지기 때문입니다.
그 꿈을 포기하지 않는 사람들에게는 말입니다.

어느 한 가을날에
김 정 석 목사(광림 교회 담임목사)

*아직도 끝나지 않은 전설

1.
사람들은 누구나 스스로의 영혼에 어느덧 문신처럼 새겨진 전설 하나쯤
은 품고 살아갑니다.
그 전설은 좀처럼 마주하기 힘든, 마치 '유성' 처럼 그의 영혼에 박혀와 순
식간에 빛나는 관채는 사라져 버리고 삭막한 상처만 남기고 맙니다.

그럼에도 그 빛을 한번이라도 경험한 사람은 그 흔적만으로 그 전설의 부
활을 꿈꾸어 보기도 하며, 위로 받기도 하며, 인하여 절망하기도 합니다.
그 빛이 그만큼 강렬했던 까닭이지요.

2.
나에게 있어 사막이란 그러한 의미입니다.
내 나이 열 일곱부터 목이 메이도록 가보고 싶었던 내 안의 쉽사리 사그라
지지 않던 전설...

'사하라'

아직도 사하라는 내게 '빛나는 전설' 입니다.
그래서 서럽도록 가보고 싶은데도 감히 쉽사리 마주하고 싶지 않은 그런
거룩한 터.

3.

어린 왕자로 인해 사막을 알게 되고, 그리게 되고, 사랑하게 되었습니다.
이제 나는 여러분에게 그 사막을 찾아 나선 여행길에서, 어린 왕자가 내게
얼마나 아름답고 근사한 선물을 허락하였는지에 관해 나누길 원합니다.

그것은 바로 삶과 사람에의 열정과 사랑, 그리고 인류에 대한 겸허한 조아
림이었습니다.
그리고 인류의 한 구성원으로서의 자존심과 긍지였습니다.
그것은 또한 타인을 존중해야 할 의무와, 타인에게 존중받아야 할 권리를
동시에 깨닫는 근사한 경험이었습니다.

4

반면에 나는 나의 졸렬하고도 헐거운 시각으로 내가 만난 삶과 사람에 대
한 상처가 일지 않기를 기도합니다.

지구의 정 반대편에서 우리와 전혀 다른 전통과 양식을 지니고 살아가는
이들도, 우리와 꼭 같은 것이 있었다면 그것은 바로 그들 나름대로는 혼신
을 힘을 다해 그들의 삶과 사람을 사랑하며 살아가고 있다는 것이었습니다.
이에 나는 그들에 대한 내 이해가 지극히 개인적이라는 사족을 달지 않을
수가 없습니다.

마지막으로 한 젊음이 오래 전부터 꿈꾸어 왔었던 전설에의 여정을 통해, 오랜 세월 잊고 지냈었던 여러분 스스로의 사막을 마주하며 잠시나마 아득해지시기를 소원합니다.

그 때나 지금이나 여전히 신실하신 하나님을 찬양하며, 이 하루도 늘 평안 늘 기쁨 되시기를...

2003년 8월 21일

김 건 형

사막에서 금을 캐는 남자

CONTENTS **차 례**

제 1장
"이젠 그 사막을 건널 시간"

이젠 그 사막을 건널 시간
-요르단 스컬타 사막에서-

이곳에 오면 날 만날 수 있을까
열사의 대지에 갈 길을 재촉하는
저 나그네처럼

오늘도 뒤뚱이는 낙타의 끝자락에
내 짊어진 헤픈 인연과
가증의 세월을 서둘러 풀어놓고
홀연히 먼 길 떠나는 순례자 되어
노을로 스며드는 사막의 하루에
좀 더 깊어진 영으로 헝클어진 내 세월을
추스를 수 있었더라면.

가끔씩 만나는 베드윈 아낙네의

순박한 웃음은
내 어딘가에 잃어버린 세월을 닮아
기어이 그 웃음에 며칠씩 넋을 잃고
끝내 유성처럼 스러져갔던
내 첫 사랑을 떠올리는 밤엔
모닥불처럼 서걱거려야만 했던 그 세월로
다시 되돌아 갈 수 있지는 않을까

그리하여 끝내 이 밤과도 같은
황량한 내 안의 사막을 발견하곤 눈물짓다
그 곳에 꽃이 피고 새가 우는
그 꿈을 깨는 새벽녘엔
불처럼 번져 가는 이 아침을
좀 더 정직한 미소로
지켜볼 수 있지는 않을까

이곳에서 발견한 내 안의
황폐한 그리고 내 버려진
또 하나의 사막
이젠 그 사막을 건널 시간

사막에 오면 내 잃어버린
세월과 만날 수 있을까
사막에 오면 내 잃어버린
사랑과 만날 수 있을까

* 어느 날 불쳤듯 찾아온 그리움

그랬던 것일까? 꿈에 목이 마르면 영혼도 자꾸만 서늘해지는 것일까?
언제인가부터는 내 앞에 종종 사막이 드리워지곤 했었다.
그렇게 내 일상에 가슴 허해지는 찬바람이 밀려들더니 내 눈빛은 점점 사막을 닮아 가고 있었다.
지극히 평범하고도 평화롭던 일상에 불어닥친 하마탄(사막의 모래 폭풍)과도 같은 열병.

'그래, 나는 여전히 사막을 꿈꾸고 있었구나...'
갑자기 스스로에게 한없는 연민이 느껴지기 시작했다.
그 꿈을 품은 이후부터 한순간도 잊은 적이 없었는데...

그렇게 3년 전 가을 나는 지독한 열병에 걸리고 말았다.

* 나, 사막에 가고 싶어...

어느 순간부터는 눈앞에 드리워졌던 그 사막이 내 일상으로 밀려들어 왔다.
나는 지오 그래픽 잡지에서 언뜻 보았었던 그 사하라 사막을, 마치 오래 전 헤어졌던 연인을 다시 만난 사람 마냥, 가슴에 품고 말았다. 베어지지 않는 그리움들이 자꾸만 돋아나기 시작했다.
그 후로 나는 종종 출렁거렸다.
어느 날인가 친한 친구 녀석 하나가 강의 도중 깊은 몽상에 빠져 있던 나를 장난삼아 툭 쳤던 적이 있었다.
그 친구 말에 의하면 몇 번을 쳐도 움직이질 않더란다.
그래서 화난 줄 알고 그만 두었었는데 한참 뒤 긴 몽상에서 돌아온 내가 그랬단다.

"나, 사막에 가고 싶어...."

그 후 한동안 나는 그 녀석을 보지 못했다.
1년 간의 긴 여행을 마치고 돌아온 뒤에야 나는 그 녀석을 다시 만났었다.

"미친 놈..."
피골이 상접한 채 퀭한 눈빛으로 되돌아온 나를 안고 그 녀석이 울먹이며 해 준 첫 마디였다.

*나에게 있어 사막이란...

나는 기독교인이다.
그렇지만 나에게 있어 사막이나 성지나 별 구별이 없다.
이것은 강의 시간에 들었었던 사막 교부들의 영향이 컸다.

절대자의 주권이 잘 분별될 수 있도록, 그리고 그 음성에 귀 기울일 수 있도록, 절대 고독과 절대 침묵의 공간에서 스스로에게 침잠하여 주권자에게 집중할 수 있는 곳...
그런 곳이 내겐 성지고 그리고 나에게 있어 그곳은 아마도 사막일 것이라는 생각을 늘 하곤 했었다.

전쟁 났다는 이스라엘로 여행을 떠나기 얼마 전, 내가 참 좋아하는 목사님을(이돈하 목사님, 청주 에덴 감리교회 시무. 참 유쾌하시고 스케일이 크신 이 분은 내게 세례를 베푸시고 나를 신학대학으로 인도해주신 내게 있어서는 믿음의 아버지 같은 분이다) 우리 집에 초대하여 식사를 대접할 적에, 그 분은 불안해하시던 내 어머니에게

"건형이, 저 놈은 사막에 떨궈놔도 살아 돌아올 놈이니 염려하지 않으셔도 됩니다" 라고 말씀하셨다.

우리 어머니는 그 말씀을 큰 축복의 말씀으로 받으시고 아직도 종종 말씀하시지만, 사실은 나 역시 철들고서부터 사막에 알몸으로 쳐 박아나도 살아 나올 수 있다고 늘 자신하고 있었다.

그런데 이런 교만한 생각은 사막에서 길을 잃어버린 경험 이후로 하지 않게 되었다.

시나이 반도에 있는 시내 산을 가는 도중이었는데 돈을 아끼려고 늘 그랬듯 히치를 하였다.

겨우 운 좋게 하나 잡아타고 갔는데 중간에서 이 친구가, 글쎄 방향이 다르다고, 말 그대로 사막 한가운데 떨궈놓고 가는 것이 아닌가?

처음 얼마간은 장엄한 사막의 풍경에 압도되어 나도 모를 심오한 몽상에 빠져 시간 가는 줄도 몰랐다.

그토록 갈망하였던 사막...

사막과 하늘 외에는 아무것도 존재하지 말아야 될 곳에 '나'라고 하는 자그만 인생 하나가 영 어색하게 물음표로 서 있었다.

내 안에서 늘 울려나던 회한과 아쉬움 그리고 그리움과 쓸쓸함이 그 순간 모두 녹아지는 듯한 느낌이었다.

나는 다만 그 곳에 내가 서 있음으로 행복했었다.

한동안은 그렇게 내 주위를 맴돌던 야생 낙타와 뛰어 놀기도 하고, 모래집도 짓고, 흘러가는 구름을 바라보며 고래고래 소리도 질러보기도 하였지만 어느덧 주위가 어둑해져오고 인적이라고는 하나도 없는 그 곳에서, 나는 우습게도 예전부터 내가 품어 왔었던 그 생각이 얼마나 교만한 것이었는지를 깨닫게 되었다.

'사막에 떨궈나도 살아 나올 수 있다…'
다행히 밤이 이르기 전 은혜 가운데 그 곳을 지나가던 베드윈(중동 지방의 유목 민족)을 만나 겨우 그곳을 빠져 나오게 되었던 나는, 그 날 이후로 그러한 생각을 하지 않게 되었다.

'사막에 떨어지면 그냥 데쓰(death)인 것이다.
그냥 데에~쓰으!!!'
그 날 밤 내 일기장에 써 놓았던 한 문장이다.
내 오랜, 뿌리깊던 교만이 뽑히던 귀한 날이었다.

*채워지지 않을 영혼의 와디... 그리움

사실 나에게 있어 그토록 꿈꾸고 열망하던 사막이 외부에 있었던 것이 아니라 내 안에 있었음을 깨달은 것이 이번 여행의 가장 큰 선물이다.
이제 나는 굳이 사막이란 현상에 매혹 당하지 않으리라.

그럼에도 나는 아련한 첫사랑을 가슴에 품고 평생을 살아가는 이 땅의 많은 사람들이 그러하듯, 그 사막이란 것으로 고단한 나의 일상에서 간간이 목을 축이리라는 것을 알고있다.
어찌 되었던 마주하기 전의 사막이란 것은 내게 있어 어쩌면 넘어야 할 거대한 운명의 와디(사막에 패여 있는 골짜기의 흔적)와도 같은 것이었다.

사막은 비가 자주 오지 않는다.
그렇다고 비가 아주 내리지 않는 것도 아니다.
가끔씩 아주 가끔씩 폭우가 내리는데 슬픈 것은 그토록 목말라 했던 사막이 그 비를 받아들이지 못한다는 것이다.

익숙하지 않은 것이다.
어색한 것이다.
그래서 사막은 다시 그 비를 지표면으로 뿜어내고 마는데, 이로 인하여 비가 그치고 또 다시 태양이 이글거리는 날들이 찾아오면 사막에는 거대한 물줄기에 의한 깊은 흔적이 남게 되는데 이것을 '와디' 라 한다.

14

슬프지 않은가?

그토록 목말라 했던 땅이었는데, 너무도 갈망하였던 비인데도 막상 그 비가 풍족히 내리면 다시 거부하다니 말이다.

깊어진 와디에 누워 몽상을 하다보니 문득 우리네 삶도 이와마찬가지일거란 생각이 들었다.

사람과 사랑이 너무나 그리운 사람들인데...

그렇게 황폐하게 변해가면서 오늘을 사는 우리들인데, 막상 우리 앞에 오랜 세월 기다리던 사랑이 임하면 그를 받아들이지 못하고 의심하며, 불안해하며 또 다시 거부하고 마는 사막과도 같은 인생들...

나 역시 그러한 황폐한 와디가 몇 자락씩 내 안에 새겨져 있음에 한동안 퍽 쓸쓸해졌다.

그렇게 나는 사막과 친구가 되어가고 있었다.

*내 나이 스물 다섯...

그 찬란하고도 궁색했었던 가능성의 세월에...

사람들에게는 누구나 나이에 대한 묘한 책임감이 있다.

그것은 대부분의 대응적인 사람들에게는 까닭 모를 두려움으로 각인되지만, 보다 주도적인 사람들에게는 묘한 책임감으로 나타난다.

내게도 그런 세월이 있었다면 내 나이 스물 다섯이 그때였다.

일상의 행동영역은 늘 그대로인데 정신의 사고영역은 나날이 확장되었다.

나중에는 숨이 막히고 답답한 날들이 내 앞에 펼쳐졌다.

소원하는 바를 따라가지 못하는 현실…

잠자리에 누우면 수많은 꿈들이 내 눈 위로 스며들었지만 아침에 일어나 맞이하는 내 일상이라는 것은 늘 남루하기 이를 데 없었다.

나는 내가 가엾었다.

그로 인한 자괴와 자학이 남긴 무기력…

나는 이것을 '진공의 세월'이라 이름하였다.

그때의 일기장엔 다음과 같이 적혀있다.

미완의 단상 1
-꿈을 꾸는 영혼에게-

1

스물 다섯의 젊음으로 투신하여야 할 대상을 찾지 못한다는 것은 참으로 고약한 일이올시다.

여기저기 섣불리 투신하다 상처 나고, 쓰러진 이들을 바라보며 잠시나마 위로 받다가도 '무감각'의, "진공의 세월"을 거니는 자신을 발견하게 될라치면 차라리 쓰러진 그네들의 '열정'이 부러운 것입니다.

한 남자가, 그것도 자의식과 꿈에로의 소망도 강한 한 남자가 머무는 '진공의 세월'은 그래서 오히려 고요합니다.

그는 이 세월동안 마치 긴 동면을 위해 에너지를 비축하는 동물들처럼 자신이 어떠한 모습으로 이 세월 곁에 서 있어야 하는지를 알고 있는 것입니다.

'냉정하고 고요하게'

이 진공의 세월을 흐르려는 것이지요.

불현듯 그에게 밀려드는 미래에의 불안과 현실에의 좌절은 언젠가 그의 빛나는 도약의 시금석이 될 것임을 알기에, 그는 오히려 여유로와 질 수 있는 것입니다.

2

그렇다고 그가 산만한 영혼의 소유자이거나 삶에 대해 무책임한 것은 아니라는데 나는 주목합니다.

바로 이점이 그를 무수한 다른 젊음과 구별되게 합니다.

아니 오히려 탁월하게 만듭니다.

'관조'와는 구별되는 '책임'으로, '도피'와는 다른 '정직한 맞섬'으로 '후회와 자책' 보다는 '자성과 여유'로 우리들 곁에 서 있는 것이지요.

나는 그가 쉽사리 화를 내는 것도 본적이 없지만 그가 한번 화낸 것을 우습게 끝냈다는 소리 역시 들은 적이 없습니다.

그는 권위와 권위주위를 잘 구별하는 것이지요.

3

그러나 요즈음의 그를 볼라치면 어딘가 모르게 많이 화가 나 있습니다.
그가 스스로에게 무척 화가 나 있는 것임을 나는 알 수가 있지요.

침묵하는 그에게서 느껴지는 그 어떤 기운은 어쩜 그를 이 진공의 세월에
서 더 머무르게 할지도 모르지만 그 역시 그러길 원치 않을 테지요.
그는 자신이 살아갈 곳이 바로 발 딛고 살아야 할 이 세상임을 잘 아는
까닭입니다.

그래서 누구보다도 현실적이지만 그 누구보다도 이상적인 그가 이 세월을
흐르는 모양새는 이러합니다.

'침묵으로 절규하기'

4

그리고 이런 세월의 정점에서 그를 지켜보는 나는 그의 미래를 꿰뚫어 볼
수가 있습니다.
한 마리의 여유로운 독수리처럼 한가로이 허공을 맴돌던 그는 '꿈'이란
또 다른 세상을 향해 매섭게 날개 짓 할 테지요.

날카롭지만 지극히 매력적인 그 눈빛을 보노라면 나는 그가 꿈꾸는 세상
이 얼마나 깊고도 높은지 짐작하고도 남음이 있습니다.
아마도 어느 정도의 세월이 흐른 뒤 그는 또 다시 지난 세월들처럼 '진공
의 세월'로 스스로 발걸음을 옮기리란 것도...
그러나 그것이 끝이 아님을 알기에 그런 그를 지켜보는 나는 초조해지거

나 조급해지지는 않을 테지요.
언젠가 고요한 호수가 내려다보이는 언덕에서 훼뎅그렁한 눈빛으로 긴 공상을 하고 있던 그가 문득 이런 말을 해 주었던 적이 있습니다.

'적당히 우습게 여기면서 살 수는 없을까...
삶에의 애증도, 사람에의 갈증도 없이 말이야.
그렇게 노니는 바람처럼, 저 태고적 산처럼 말이야...'
순간 난 오랫동안 알고 지내던 그에게서 다른 세상의 사람 같다는 느낌을 강하게 받았었지요.

'적당히 우습게 여기면서...
적당히 우습게 여기면서...'

수없이 되뇌일 수는 있어도 난 그렇게 살지는 못할 테지요.
난 이 세상을 거니는 사람일 뿐 이니까.

그래서 더욱 그가 만들어낼 '꿈의 세상'이 기대가 되는가 봅니다.
꿈꾸는 남자의 또 다른 세상이...

2000년 여름

그때는 왜 몰랐을까?
난 가끔 생각해본다.
세월이 흐르면 다 알게 되는 것을...

그땐 내 또래의 젊음 모두가 그러한 막막함에 숨죽여 울고 있었다는 것을 말이다.
그 시절은 그냥 묵묵히 인내하며, 신음조차도 내지 말며, 건너야 하는 세월이었던 것을...

그리고 또 하나...
그 '진공의 세월'은 이후로도 종종 나를 찾아온다는 것을...
그리고 그것을 견디어 낸 흔적들이 삶이 되는 것을...

그러나 나는 아직도 왕왕 다른 이들에게 고백한다.
두 번 다시 되돌아가고 싶지 않은 세월이었다고...
나는 그렇게 질척이며 살아가고 있었다.

*평생에 단 한 순간만이라도 내 자신으로 살고 싶어...

하루 하루가 멍한 그리고 퀭한 눈빛으로 흘러가고 있었다.
퀭한 눈빛으로 휘청거리며 살라치면 나는 문득 문득 두려워지곤 하였다
이렇게 그냥 이렇게 가슴 한 구석이 서늘한 채로 살아가다가 끝내는 허한 삶으로 남는 것은 아닐까?
생각이 그에 이르면 나는 언제나 아득해지곤 하였다.

평생에 단 한순간이라도 내 자신으로 살고 싶었다 ...

누군가를 사랑한다면 내 전 존재를 걸고 사랑하며, 그 어떤 꿈을

품었다면 내 생애를 걸며 사역하며, 그로 인한 아픔과 상처쯤은
충분히 스스로 대견해하며 살고 싶었었는데...
헐거운 청춘...
권태로운 젊음...
무기력한 일상...
누가 뭐라 하지 않아도 스스로 괴롭고 외로운 시간들이었다.
그 때의 일기장엔 이렇게 기록되어 있다.

미완의 단상 2
-권태에 관하여-

1
나는 그러하였습니다.
나는 서두르는 법이 없었습니다.
그리고 쉽사리 조급해하지도 아니하였습니다.
위기가 다가올수록 나는 더 침착해지고 고요해 졌던 것입니다.
이는 단점 일색이었던 내가 지녔던 유일한 자랑이었지요.

늘 평안한 것, 늘 기쁨인 것!
이는 하나님과의 또렷한 응시가 있을 때에만 가능한 법이니까요.

2

그러던 나는 언제부터인가 조급해지기도 하였습니다.
때론 서두르기도 하였지요.

세월이라는 것!
그 세월의 가에서 머무르지 아니하고 중심을 잡고 서기 위해서라도 나는
'나아감'과 '이룸'이라는 것을 노려보아야 했습니다.

3
늘 지녔었던, 삶의 방향을 물었던 것이 아니라 내 삶의 속도를 불안한 눈
빛으로 바라보기도 하고 때론 조바심 내며 내 스스로를 못살게 군 셈이지요.

내 삶에는 왜 이리 많은 변수와 복병이 나를 놀라게 하는 것일까?
이렇게 내 삶을 허둥지둥 마치는 것은 아닐까란 자괴감들...
이러한 것들만으로도 스물 다섯의 청춘은 충분히 괴로워 질 수 있는 것입
니다.

4
그러나 나는 오늘 새로운 환상 하나를 내 안에 품어봅니다.
아니 새롭기보다 오래 전부터 있었던, 다만 잊고 있었던 내 안의
귀한 것을 다시 꺼내어 닦아 봅니다.
오래 전에 써두었던 일기장의 먼지를 털어 내며 읽어 내려가는 듯한 설렘
이 이 밤 나를 편안하게 맴돌고 맙니다.
그리고,

"얼마나 높이 사는 것이 중요한 것이 아니라, 얼마나 깊이 사는 것이 중요

하다"
라는 오래 전 일기장 구석에 적어 두었던 그 글귀도 고스란히 내 영혼에
새겨봅니다.

5
또한 다짐해 봅니다.
두 번 다시 내 주 여호와로부터 눈을 떼지 아니하겠다고...
"부유하게 살지는 아니하여도 부요하게, 권세를 누리며 살지는 아니하여도
기어이 귀하게 살아가겠노라"
고 말입니다.

아, 나는 또 얼마나 많은 날들을 가슴 설레며 기대하여야 옳겠습니까?
내가 살아있다는 것만으로도...
내가 살아 있다는 것만으로도 말입니다.

이 시간 조용히 하나님을 찬양합니다.

2000년 여름

그런데 그러던 어느 날 인가 나는 놀랄만한 체험을 하게 되었다.

*너는 복의 근원이 될지라

영적으로 많이 침체되었던 나는 다시 원점으로 돌아가 성경을 깊

이 묵상하던 중이었는데, 창세기 12장 1절로 3절까지의 말씀이
내 눈이 아닌 내 영혼에 각인되는 경험을 하기에 이르렀다.
그것은 마치 뜨거운 불이 돌아다니며 나무판에 글씨를 새기는 듯
한 것으로 내게는 일찍이 없었던 새로운 영적인 체험이었다.

그 중 나를 전율시킨 말씀은 "너는 복의 근원이 될지라"라는 2절
후반부의 말씀이었다.

'복의 근원이 될지라...'

아, 하나님께서 아브라함을 믿음의 조상으로 불러 4000리 목마
른 광야를 가르게 하시고 가나안(현 이스라엘)으로 인도하셨던
이유는 그를 '복의 근원'으로 만드시기 위함이었구나...
그 당시 분명 수없이 많은 이들을 하나님께서 부르셨을 터인데
유독 아브라함만이 그 음성에 아름답게 반응하였음으로 인류 구
원의 밀알이 되었구나...
그 당시 아브라함은 히브리서 11장 8절에 보니 '갈 바를 알지 못
한 채 믿음으로 순종하며 나아갔으며' 라고 나오더니...
아, 이게 그렇게 된 거였구나.

그 모든 것들이 한 순간에 이해가 되었고 마음에 영적인 확신이
임하며 기쁨이 충만하기에 이르렀다.

"가자... 떠나고 보자..."

복의 근원이 되는 축복을 믿음으로 나아가며 얻어 돌아오자...
그 날밤 나는 내방 침대 위에 세계지도를 사서 붙여 놓았다.
그리고 이스라엘을 야광 펜으로 칠해버렸다.
밤마다 이스라엘은 내 영혼에서 그렇게 번쩍 번쩍거리기 시작하였다.

*오 마이 갓 !

그런데 막상 가려하니 돈이 없었다.
내가 가지고 있는 재산이라곤 늘 그랬듯 남루했다.
그거 참 웃기지도 않는 일이었다.

할 수 없이 내가 타고 다니던 오래 된 짚차를 교차로에 내 놓았다.
돈이 얼마 되지도 않는데 그마저도 팔리지 않는다.
맘도 급할 법 하지만 하나님께서 이미 예비하실 것이라는 생각에
맘이 평안했다.

그래도 차가 너무 안 팔려서 혼자 생각하곤 하였다.
어차피 가격은 얼마 받을 생각도 없으니 누가 내 차를 들이박아
서 그냥 그 돈으로 비행기표나 한 장사서 떠나기라도 하였으면 ...
그래서 이스라엘행을 반대하던 친구들에게는 가끔씩 그런 농을
하곤 하였다.

그런데 어느 날 진짜 누가 내 차를 들이박았다.
어머니와 조카랑 같이 약수터를 다녀오던 길이었는데 정말이지
100% 상대방 실수로 사고가 난 것이다.

(그러면 안 되는 줄 알면서도 너무 기뻤다. ㅜㅜ)
내 운전석 문으로 치고 들어왔던지라 문은 열리지 않았다.(물론 나도 조금 '아야!!!' 했다)

그래서 열려져 있던 창으로 그 사람에게 말했다.
"보험은 드셨지요?
저도 들어 있으니까 너무 염려 마시고 잠시 내리세요."

*오 마이 갓 2

내려보니 예쁘장한 아가씨가 술 냄새를 풍기며 내리는 것이 아닌가?

"음주 하셨군요?"
(옆에서 그 아가씨의 친구들이 아니라 말하라고 시키는데도 그 아가씨)

"예... 조금이요"
보아하니 반듯하게 자란 처자 같은데 정직하기까지...
그냥 보내면 가다가 더 큰 사고 날 것 같아서 부모님 연락처를 물어보고 전화를 하려니...

"어머니는 심장이 약하셔서 놀라시니, 아버지께 ..."
(음...게다가 효성까지...)

마음이 감동되었다.

수분사이로 그 아가씨의 아버지가 오셨는데 참 인상 깊은 모습을 보여 주셨다.
딸을 보자마자 말없이 딸을 한동안 꼭 안아주시는 것이 아닌가?

내 앞에서는 애써 의연한 척 하던 그 아가씨... 아버지 품에 안기자마자 엉엉 울어버린다.
참 잊혀지지 않는 장면이다.
나도 저렇게 멋진 아버지가 되어야지...
그 후로도 그 날일을 생각하면서 나는 몇 번씩이나 다짐하곤 하였다.

*오 마이 갓 3

그 아가씨의 아버지를 모시고 우리 집으로 왔다.
우선 많이 놀라셨을 것 같아 따님이 얼마나 반듯한지 칭찬하였다.
그랬더니 너무도 좋아하시면서 나보고 뭐 하는 사람이냐고 묻는다.
그래서 교회에서 전도사로 있다고 여쭈었더니 당신도 권사라며 좋아하신다.
나도 반가워서 내가 어디 교회냐고 다시 여쭈니 ...

오 마이 갓!
오 주님...

글쎄 내가 섬기는 교회 권사님이셨다.
게다가 사모님은 나를 너무나 귀히 섬겨 주시던 권사님이시고...

어머님께 그런 분들이라고 소개시켜 드렸더니 어머님은 그 아가씨 칭찬만 늘어놓으신다.

보험 회사에 연락하시려는 그 분을 내가 말리며 이렇게 여쭌다.

"아니예요. 권사님... 사모님께서 저를 섬겨 주신 그 마음으로도 충분합니다"

차도 우리가 어차피 폐차하려 했던 거라며 수리도 우리가 하겠다고 말씀 드렸다. ㅠㅠㅠ

그러니 그 권사님은 굳이 어머님께서는 연세가 있으셔서 꼭 병원 진단을 받으셔야 한다며 극구 병원으로 가시자고 하신다.

그랬더니 우리 어머니... 무슨 드라마에나 나올법한 명언을 남기시며 이 사고에 종지부를 찍으셨다.

"아니예요... 우리 나이엔 멀쩡한 사람도 엑스레이 찍으면 다 바보로 나오는 걸요 ..."

그렇게 우리 모자는 우리 차를 들이박은 그 아가씨 칭찬만 늘어놓다가 그 어르신을 돌려보냈다.

그러고도 우리 모자가 기쁘고 뿌듯하기만 했던 걸 보니 아마도 하나님께서 그 가정을 사랑하셔서

그 아가씨를 도우려 우리를 쓰셨나보다.

그 뒤 나는 내가 맡은 영혼들에게 그 이야기를 농 섞어가며 이리 말하곤 한다.

"야, 하나님께서 나를 얼마나 사랑하시는지 맘에 품은 생각도 들어 주시잖아...

근데 말이야...
기도 할 때는 정확하게,
그리고 치밀하게 기도해야겠더라. ㅋㅋㅋ"

*올 것이 왔도다

드디어 짚차를 사겠다는 한 사내로부터 연락이 왔다.
드디어 올 것이 왔도다... 정이 많이 든 차라막상 떠나보내려 하
니 너무 서운해졌다.
그 날의 일기장에 다음과 같이 기록되어 있다.

미완의 단상 3
-사하라, 그 여자의 가을-

여러분도 아시다시피 제 짚차의 이름은 '사하라'였습니다.
그녀는 원래 광 번쩍이던 검정이었는데 제가 늘 꿈꾸던 사막의 컨셉을 적
극 반영하여 노랑과 갈색으로 집에서 반나절만에 페인트 사다 칠해버렸지요.

그런 '사하라'를 보시고 너무도 당혹스레 절 대하시는 가족들을 의식한
저는 거실 창에서 보면 제일 폼 나는 각도로 차를 다시 세워놓고는, 커튼
을 활짝 열고서 가족들에게 일격을 가했습니다.
이렇게!

"저것이요, 정통 아메리칸 스타일이라~네요...!"
 그 날 저는 정통 아메리칸 스타일의 햄버거로 저녁을 때워야 했습니다...
그래도 제가 붙여준 그녀의 이름...

'사하라, 그 여자의 가을'이란 이름으로 나는 마냥 행복했지요.
그녀와 나는 울적해 질 때면 시냇가도 건너고 모래위로 달리고 아찔한 산
길도 올랐습니다.
제겐 너무도 소중한 그녀였습니다.
그녀를 오늘 팔았습니다.
그녀를 떠나 보내고 나는 이리 시린 가슴 부여잡고 ...

잊지 못 할겁니다. 아니 잊지 않으렵니다.

"사하라-그 여자의 가을을..."

오늘 그녀를 사간 사람은 군복 바지에, 주머니에서 톱밥이 계속 떨어지던
토목 계통에 계시는 듯한 삼십대 중반의 남자였습니다.
그 남자가 '사하라' 주위를 계속 맴돌다 사하라의 수저와(야전 삽) 포크
(소방 도끼)를 보고 광분하는 걸 보고서 제가 값을 파악 깎아 주었습니다.
난 '사하라'가 좋은 사람 만나기를 바랐으니까요.

그 남자 '사하라'를 몰고 먼지 날리며 떠나갔습니다.
나도 눈물을 흘리며 그녀를 떠나 보냈습니다.
얼마 전 내가 차를 교차로에 내 놓는다니까 내 사랑하는 누이가 말했습니다.
"야! 어느 미친놈이 그 차 사겠냐?"

30

방금 내 누이한테 전화했습니다.

"누나, 웬 미친놈이 그 차 사갔어!"

정말이지 나는 '사하라'를 사간 그 남자가 정말 나처럼…

정말이지 나처럼…

미친 놈 이었으면 좋겠습니다.

2000년 늦여름

---

*어라? 오지 말아야 할 것이 오고 말았네

사하라를 팔고 난 후 나의 여행 준비는 가속화되기 시작하였다.

그런데 며칠 후 오지 말아야 할 것이 왔다.

사하라를 사간 그 남자의 전화였다.

그 날의 일기장에 그 황당함이 아래와 같이 기술되어 있다.

미완의 단상 4

-사하라, 그 여자 쓸쓸한 귀향-

오늘 오후 사하라의 새 남자가 전화하였지요.

그녀의 수저와 포크에 광분했던 남자였는데 오늘은 전화하여 그녀의 옷차

림이 맘에 안 든다고 도로 가져가라 하였습니다.

그래서 그녀를 데리러 갔었습니다.

그런데....

그랬는데....

그녀는 그 남자와의 다툼으로 온몸에 큰 상처가 난 채 나를 보자 고개를 떨구었습니다.

그녀는 내게 한번도 화낸 적이 없었던 색 고운 여자였는데...

아, 나는 그런 그녀를 본 순간 가슴이 철렁하였습니다.

그 남자...

정말 나쁜 사람입니다.

사고 난 것도 숨긴 채 나를 그 곳까지 불러 몇 시간씩 기다리게 하고...

날이 어두워지자 나타났습니다.

그러면서 그녀의 과거를 욕하기 시작하였습니다.

"얘가 원래부터 이상했다"

는 등...

그 말을 듣고 나는 업 셋(광분) 되었습니다.

그녀의 과거는 내가 압니다.

설령 과거에 큰 사고가 있었다 할지라도 나는 그 모든 것을 상관치 않고 그녀의 존재만을 사랑했지요.

그녀를 씻겨주며 그녀의 과거도 함께 씻겨지기만을 바라며,

그녀를 어루만지며 그녀의 상처도 함께 치유되길 바라며,

나는 그녀를 사랑하였던 것이지요.

그 남자...

차라리 미안하다는 말을 했어야 했습니다.

나는 '사하라'를 바라보았습니다.

어둠 속에서도 그녀의 얼굴은 심한 충격에 의한 상처가 뚜렷하였습니다.

레이저 빔 같이 반짝이던 그녀의 왼쪽 눈(좌측 등)은 깨어져 눈물만 흐르고 있었습니다.

갸름했던 그녀의 볼(본 네트)은 심하게 일그러져 있었습니다.

그리고 ...

그녀의 턱(범퍼)...

아, 그것은 정말이지 눈물 없이는 볼 수가 없었습니다.

그 남자를 뒤로한 채 나는 그녀를 몰고 긴급 깜박이를 켠 채 돌아 왔습니다.

오면서 내내 그녀는 나에게로 다시 돌아와 기쁘다 합니다.

나 역시 내 품에 안긴 그녀로 인해 행복하다 일러줍니다.

우리가 늘 거닐던 굽이진 국도는 오늘은 그렇게 그녀의 쓸쓸한 귀향을 오열하며 지켜보기만 하였습니다.

이 밤 내게로 다시 돌아온 상처투성이의 그녀로 인하여 울고 있었던 것은 나 혼자만은 아니었습니다.

2000년 늦 여름

나에게로 다시 돌아온 그녀는 며칠을 그렇게 시름시름 앓으며 죽어갔다.

결국 내 손으로 그녀를 묻어 주었다.

슬펐다.

*주께서 오라시면

이거 정말 엎친 데 겹친 격이었다.
과연 내가 가야 하는 것이 맞는 것일까?
내가 주님의 음성을 잘못 분별하고 있는 것이 아닐까?
하는 의심도 가끔씩 들기 시작했다.
게다가 팔레스타인 지역의 정세는 아주 심오해지고 있었다.

당시 이스라엘의 초 강경파 정당 리쿠르당 총수 아리엘 샤론이
이슬람 지구의 황금 사원(이슬람 성지. 올드 시티 안에 있음. 예
루살렘은 신 시가지와 구 시가지로 나뉘어져 있다. 이중 구 예루
살렘은 성벽으로 둘러 쌓여 있는데 이 곳은 모두 4개의 구역 즉
유대인 지구, 이슬람 지구, 아르메니안 지구, 기독교인 지구로
나뉘어져 따로 관리되어지고 있다)에 유대 경찰 병력 1000여명
과 함께 들어와

"모든 동 예루살렘도 이스라엘에 속한다!"
라는 폭탄 선언을 해버린 것이다.

그 날 몇 명의 열혈 팔레스타인 청년들이 그들을 향해 돌팔매를
시작하였는데, 그만 유대 병력들이 그들을 향해 발포하기에 이르
렀다.
그 사건 이후로 한동안 잠잠하던 인티파다(팔레스타인의 반 이스
라엘 민중봉기)는 점점 국지전 양상을 띄게 되고 한동안 평화 무
드로 잠잠하던 팔레스타인 지역은 또 다시 중동의 화약고로 국제

사회에 등장하게 된 것이다.

집안의 반대를 무릅쓰고 '떠남'을 결단했던 나는 점점 집안에서 설 곳이 없어졌다.

그곳의 사정이 점점 악화되어 국제 사회의 이슈화될수록 부모님의 염려는 심해지다 못해 반대하시기에 이르렀다.

그러던 어느 날 잘 아는 목사님으로부터 연락이 왔다.

가지 않는 것이 낫겠다고...

그곳에 있는 한인들도 요르단이나 이집트로 피난을 가는 실정이라고 하셨다.

나도 그러는 것이 낫겠다 싶어 그렇게 대답하려 했는데

아뿔싸...

내 입에서 나온 대답은 기묘하였다.

"주께서 부르시면 전쟁통이 아니라 지옥이라도 가야죠..."

아, 정말이지 나는 그리 대답하려고 한 것이 아니었는데...

"그래? 그럼 ... 가라!"

목사님은 그렇게 말씀하시고 이내 전화를 끊으셨다.

일부러 염려되셔서 전화주신 고마운 분인데...

서운하셨던 것 같다.ㅠㅠㅠ

아...정말이지 목사님...
나는 그렇게 대답하려 한 것이 아니었다니까요!!

*삶을 정리했다는 것은...

막상 가려하니 정말 살아서 못 올 수도 있겠다는 생각이 스친다.
문득 모든 것을 정리하고 떠나야겠다는 생각이 들었다.
그러고 나니 후회 없는 인생을 살았노라 생각했었는데 인생 참
미련 남는 것이 많더라.

우선 있는 돈으로 아버님 원하시던 마당에 칼 돌을 깔았다.
잡초 뽑기 힘드시다 라는 말이 맘에 걸려 아예 친구 놈 1톤 트럭
을 빌려 13톤이나 되는 자갈을 채석장에서 직접 사와 마당에 혼
자 삽으로 펼쳤다.
(훗날 귀국해서 알고 보니 그런 공사는 15톤 트럭으로 실어와 포
크레인으로 펼치더라)

이젠 못 돌아 올 줄도 모른다는 생각에 3일 동안 힘든지도 모르
게 그 일을 했더니 부모님이 정말 놀라시더라.
그리고 어머니 그토록 원하시던 붙박이장을 해드렸다.
남의 속도 모르시고 좋아하시더라.
그리고 내 일기장과 앨범 등을 따로 정리하고 마지막으로 여행자
보험을 들었다.
보상액이 제일 큰 것으로...
그리고 나니 마치 부대 정문 앞에서까지는 실실 웃던 신병이 훈

련소를 통과했을 때 느끼는 그 숙연함이 나를 엄습했다.

남은 돈으로 비행기표를 끊고 나니 가는 비행기표 한 장이랑 한국 돈 26만원 남더라.
그래도 평안하더라...

*이제 정말 가는거야???

동창들이 열어준 환송회를 끝으로 나는 모든 출발 준비를 완료했다.
공항까지 나와 준 친구(철희 -현재 프랑스 유학 중-, 용수 -일본 유학 중-) 녀석들의 배웅은 감동 그 자체였다.
마지막 비행기로 오르려는 순간 선물이라며 녀석들이 '신라면' 한 박스를 건넨다.
(참고로 나는 손에 뭐 들고 다니는 걸 무지 싫어한다. 상상해봐라. 내 키 만한 배낭을 울러 메고, 두 손에는 신라면 한 박스.. 아, 그런 그림... 그건 정말 아니다....)
하는 수없이 피 같은 침낭을 배낭에서 꺼낸다.

"철희야, 이거 너 미술 작업할 때, 뺑끼 칠 할 때, 요긴하게 써라..."

훗날 나는 그것과 꼭 같은 침낭을 사느냐고 사흘 동안 하루 16시간씩 설거지를 해야만 했다.
그런데도 정말 감사한 것은 외국에서 그 신라면 사려면 더 일해야 했다는 것이다. 푸하하하!
이른바 남는 장사였던 것이다. 호호호!!!

아무튼 난 그 날 친구들의 귀한 우정과 사랑을 내 배낭 속에 가
득 담아 온 것이란 생각을 아직껏 지울 길이 없다.
참 고마운 녀석들이다.

*내게 더 큰 세상이 있음을 알려 주신 분, 김국도 목사님과의 축복된 만남

참고로 내게 있어 해외 여행이란 그 때가 두 번째였다.
그러니까 이전에 임마누엘 교회(서울 송파구 방이동 소재. 담임
목사 김국도)에서 사역할 때 선교 훈련의 일환으로 중국을 다녀
온 것이 다였다.

나는 지금도 지난 여행이 김국도 목사님께서 어설픈 전도사에게
열어주신 더 큰 세상이 준 선물이라 생각한다.

그만큼 김국도 목사님은 카리스마 넘치면서도 섬세하셨다.
목회의 많은 원리를 그 분을 섬기며 배웠지만 특별히 그분에게서

나는 '생애를 거는 목회'를 배운 것에 감사한다.

자신의 모든 것을 걸고 목회 할 때만이, 목숨 걸고 목회 할 때만
이, 드러나는 귀한 역사들을 그곳에서 나는 체험하였다.

그곳에서 사역하는 많은 전도사들은 세상을 누비며 선교의 비전
과 열정을 지니게 된다.

목사님께서는 전 세계 100명의 선교사 파송을 목적으로 전도사들을 훈련시키고 그에 대한 교회적인 지원을 아끼지 않으셨다.
그 어려운 IMF때에도 선교 지원 일정 및 재정은 결코 줄인 적 없는 귀한 목회 마인드를 지니신 분이다.

유라시아와 아프리카에 이르는 선교훈련이 실질적인 전도사들의 결단으로 이루어지도록 도전하시는 데에도 일가견이 있으시다.
참고로 이분과의 만남은 내가 해병대 병장으로 복무할 때 우리 연대 교회의 봉헌식에서다.(역시 해병대 출신인 이분은 해병대 선교에 큰 일을 감당하신다) 워낙 풍문도 많으시고 스타일도 남다르셔서 소문으로는 듣고 알았었는데, 그 날 나는 이분에게서 범접 못할 카리스마를 느끼고 말았다.

휴일 날 급작스런 종교 행사에 억지로 동원된 나를 비롯한 500여명의 해병대원들은 대부분 딴청을 피우고 있었는데, 이분이 단에 서신 이후로는 무려 50여분동안 딴청 피우던 대원들이 함께 웃고 함께 울었다.
그리고 단에서 내려오신 후에는 해병대에 교회다운 교회가 서신 것을 감격해하시며 눈물을 엄청 흘리시는 것이었다.

왕 터프하신 목사님...

무서운 목사님으로만 들어왔었던 김국도 목사님의 저러한 순수한 신앙을 하나님께서 기뻐하신 것이로구나 라는 생각이 맘에 들어오기 시작하였다.

아무리 무섭게 훈련받는다 할지라도 목사님을 가까이서 모시고 배우고 싶었다.
그리고 말년 휴가 며칠 전에 이력서를 내고 말년 휴가 때부터 그 곳에서 사역하게 되는 축복을 누리게 되었다.

아무튼 나는 아직까지도 내게 또 다른 세상을 열어주신 김국도 목사님께 감사 드린다.

아마 그분의 그러한 큰 비전이 없으셨다고 한다면 나는 쉽사리 지난 여행을 꿈꾸지 못했을 테니 말이다.

제 2장
"또 다른 꿈에의 경배"

더없이 한가한 세월
-이스라엘 텔아비브에서-

순수의 나래 아래
두려움 없는 세월

청산의 드높음에도
청파의 당당함에도
끝내 거칠 것 없는 미련

깨끗하였으므로
진실하였으므로

더없이 한가한 세월

* 여호와 이레의 하나님 I

하늘 위로 오른 나는 만가지 생각이 교차하였다.
전쟁 난 곳으로 향하는 심적인 부담감도 물론 컸지만 내 앞에 예비하셨을 여호와이레(하나님께서 미리 준비 하신다 라는 기독교 신앙 고백)의 귀한 여정에의 기대가 더 컸다.

오사카 공항에서 비행기를 갈아타야 했는데 안내자가 없어 겨우 스위스로 가는 비행기를 탈수 있었다.
스위스에서는 또 한번 비행기를 갈아타야 했는데 그때 역시 아찔한 순간이 연출되었다.

훗날에야 내게 표를 판 아가씨가 나에게 무지 싼 티켓을 바가지 씌운 것을 눈치챌 수 있었다.
그래도 여호와 이레라고 감사히 고백할 수 있는 것은 덕분에, 왕복이 아닌 편도만을 샀던 까닭에, 나는 돈이 떨어져 오도가도 못했을 때 독한 맘으로 여행 경비를 벌 수가 있었다.
이스라엘에서 성지만이라도 돌아보았으면 하던 나의 가난한 바램은 그 아가씨 덕분에 유라시아 대륙에 걸쳐 30여 나라를 돌아보는 화려한 여정(?)으로 바뀌게 되었다.

사연인즉 이러하다.

간지 얼마 안 되어 알게 된 것은 성지가 이스라엘에만 있는 것이 아니더란 사실이었다.

42

근방의 이집트와 요르단에 걸쳐 더 많은 그리고 의미심장한 성지들이 쌓여 있었던 것이다.

그래서 내친김에 요르단과 이집트를 다녀왔는데 그만 돈이 다 떨어져 버렸다.

정말 막막하더라.

이방에서 지닌 돈이 단 돈 몇 달러...

하는 수 없이 집에 전화하였더니 우리 어머니 무슨 사극에나 나올법한 명언을 남기시는 것이 아닌가?

"돌아 오니라... 누가 너를 그 전쟁통으로 떠민 이가 있더냐?"

인생 참 비정한 것이더라.(^^)

아마도 내가 왕복 티켓을 끊어 왔더라면 별 수 없이 돌아왔을 것이다.

근데 돌아갈 수가 없더라...

내게 바가지 씌운 아가씨가 아직도 고맙다. ㅠㅠㅠ

*여호와이례의 하나님 2

물가 비싼 이스라엘에서 얼마 안되어 하루만에 그 돈은 다 떨어졌다.

너무 막막해져서 내게 영적인 어머니와도 같은 포항의 유연순 권사님(포항 제일 교회)께 전화를 드리고는 하소연하였다.

이분은 포항 해병대 시절 처음 뵈었는데 그때까지는 우리 가족이

독실한 불교 집안이라 내게 있어서는 믿음의 어머님과도 같으신 분이다.

삼남매가 다 우리 학교에 재학중이고 전도사로 훈련중인 말 그대로 이미 복의 근원이 되신 믿음의 어머니이시다.
어찌나 공손하시고 영적으로나 일상적으로 모범이 되시는지 나는 이분께 학교 다닐 때부터 많은 은혜와 감동을 받고 내 신앙을 도전하였다.
우리 부모님도 인정하시는(?) 내게는 또 한 분의 어머니이시다.

그분은 말씀하셨다.

"전도사님 너무 염려 마시고 하시려는 꿈을 펼치세요...
하나님께서 그곳까지 인도하셨는데 여호와 이레로 인도하실 거예요"

그 말에 나는 너무 큰 힘을 얻고 말았다.
이방 땅에서 주시는 하나님의 위로와 도전은 그렇게 믿음의 동역자에게서 임하였다.

*여호와 이레의 하나님 3

그러던 와중에 한 남자를 만났다.
나이 서른이 되었는데 행색이 범상치 않다.
어디서 왔냐니까 한국에서 왔단다.

그게 아니라 이스라엘 전에 어디서 왔냐니까 한국에서부터 아시아 대륙을 가로질러 왔단다.
그리고 여행 경비가 떨어져 돈을 벌고 있단다.

허거걱!!!

아시아 대륙을 가로지르다…

순간 내가 너무 한심해 보였다.
똑같은 곳에 서있는데 한 사람은 대륙을 가로질러 내 앞에 서 있는 것이다.
그것도 너무도 폼나게 말하면서…

나는 솔직히 자존심도 좀 있고 강단도 좀 있는 편이다.
그래서 여태껏 누구 앞에서도 주눅들거나 열등감 같은 것을 느낀다거나 아무튼 그랬던 기억이 별로 없다.
그런데 그 날밤…
나는 너무도 부끄러워 잠을 이룰 수가 없었다.

밤새도록 대륙을 가로지르며, 거친 모래 바람을 뚫고 대륙을 횡단하는 내 모습이 아른거려 쉽게 잠이 오지 않았다.

그 다음날부터 나는 그 사람과 더불어 몇몇 그러한 사람들이 있는 호스텔에서 기거하며 여행 경비를 모으게 되었다.
말 그대로 여행자에서 배낭족으로 그러다가 불법 노동자로…

인생 황폐해지는 것 한 순간이더라.

그런데 이 분을 만난 것도 너무 감사하다.

이분을 훗날 태국에서 다시 만났는데 그 무렵엔 나도 거의 배낭
여행의 귀재가 되어 현지인과 거의 구별이 안 갈 정도가 되어 있
었다.
그리고 그 분은 아프리카를 종단하고 돌아오던 길었다.

그때 솔직히 말씀드렸다.
너무 감사하다고...
형님이 아니었더라면 나는 아마 이스라엘에서만 머물다 돌아갔
을 것이라고...

그리고 또 말했다.
그땐 왜 그렇게 폼나게 말했냐고...
대륙을 가로지르는 일.
그리 어려운 일은 아니었는데...
돈과 시간만 있었다면 누구나 쉽게 할 수 있는 것인데...
다만 시간 있는 사람은 돈이 없고, 돈 있는 사람은 시간이 없어
못하는 것뿐인데... ㅠㅠㅠ
(그래서 나는 여행 도중 만난 사람들이 나의 여정에 놀라움과 찬
사를 보낼 때 나는 솔직하게 대답했다.
그리 어려운 일 아니라고 말이다, 제발 너무 대단하게 보지 말라
고...시간과 물질이 허락하면 누구나 다 할 수 있다고 말이다)

그랬더니 그분이 말씀하셨다.

"인생엔 누구나 할 수 있는 것처럼 보이지만, 아무나 할 수 없는 것이 종종 있는 법이라고..."

아...이렇게 가슴에 와 닿았던 명문이 있었던가...
그래... 빛나는 인생이란 언제나 용기를 가지고 도전하는 자의 몫인 것이다.

아무튼 우린 그 날 무지 비싼 신라면을 시켰는데 내가 그 분보다 몇 개 나라를 더 돌아다닌 것에 고무되어 내가 그 날 저녁을 샀다.
푸하하하!

지루한 인생에서 누군가를 만나느냐가 얼마나 중요한지 새삼 깨닫는 멋진 경험이었다.

이후로 내게 임한 여호와 이레의 은혜는 여행이 끝나고 그 여행을 추억하면 할수록 더 많이 발견되어지게 되었다.

*어쳐, 돌아가라니?...나는 갈 때가 없어! 이 사람들아...

근데 어찌 된 일인지 도착하는 첫 순간부터 아뿔싸였다.
트랙에서 내리자마자 웬 예쁘장한 아가씨가 나를 부른다.
나는 상냥하게 마치 민간 외교사절이라도 된 양 그 아가씨에게 다가가 미소를 지었다.

알고 보니 그 아가씨 … 경찰이더라.

나더러 손 들라하고 그 사람들 많은 곳에서 온 몸을 검색 봉으로 샅샅이 훑는다.

당혹스러워진 나는 그 아가씨가 가라는 곳으로 갔다.

그곳엔 정말 내가 보기에도 인상 더러운 사람들 몇 명이 앉아 있더라.

순식간에 모든 상황이 이해가 되었다.

밤 12시에 도착한 비행기에서 내려 무려 6시간을 공항 경찰서 앞에 앉아 있으려니 갑자기 열이 확 받았다.

그래서 스스로 경찰서로 들어갔다.

저지하는 유대 경찰들…

이미 화가 날 대로 나있던 나는 조용히 말해 주었다.

"비켜… 혼난다…"

(어차피 안 되는 영어… 나는 자랑스런 한국인이다.)

한번 소란을 피웠더니 한 경찰이 나를 앉힌다.

그리고 묻는다.

경찰 :어디 가냐?

나: (어라? 나이도 어린것이 초면부터 반말을…) 성지 간다

경찰 :얼마나 오래?

나: 한 6개월 있을란다.

경찰: 돌아가는 비행기표 있냐?

나: 없다.

경찰: 그럼 신용카드는?

나: 없다.

경찰: 좋아...그럼 돈은 ?

나: 이백 달러...(요 부분은 자신이 있어 발음 죽이게 대답했다)

그랬더니 경찰이 내 여권을 빼앗더라.

그리고는 순식간에 내 여권에 CANCER(입국불가) 낙인을 찍더라

그리고는 돌아가란다.

"어허, 돌아가라니? 이 사람아...

나는 갈 때가 없어!!!"

나도 처음엔 안 되는 영어로 그를 이해시키려 했으나 그는 도통

이해를 못하더라.

이러한 때는 해병대 스타일이 있지

"이해를 못하면 그냥 암기시켜라!!!"

한참을 실랑이를 하다 급기야 들고있던 여행 가이드를 그 경찰한

테 집어던지고 이렇게 외쳤다.

"봐. **야... 이 책엔 너희 나라랑 우리나라랑 비자 면제국이라

잖아!!!

그리고 내가 너네 나라를 위해 얼마나 기도하고 왔는데... 이런

싸가지...
그리고 **야.
아까 얘기했잖아.
나 돌아가는 비행기표도 없다고...
얼빵~하게 생겨서 이해를 못해, 애 **가..."

그 놈은 너무 놀랐는지 멍하니 내 하는 짓만 바라만 보고 있었다.
그래서 내가 한 마디 더 했다.

"답답하면 한국말 배우던가,
**야!
군바리가 남아도는 게 시간인 것 다 아는데 대체 뭐하고 사는 거야?"

소란이 생각보다 커졌다.
여러 경찰들이 나를 다시 앉히려 했으나 나는 앉지 않았다.
왠지 묶을 것 같다는 생각이 들더라...

순간 한 여자 경찰이 (참고로 유대인은 여자들도 군복무를 한다)
내 손을 잡는다.
밖에서 몇 시간 대기할 때부터 내게 다가와 이것저것 물어보며
관심을 보이던 아가씨다.
그리고는 내게 천천히 설명해준다.

대충 아는 단어는 테러, 데인져 뭐 이런 말이니 나를 무슨 테러
범으로 생각하나보다 생각이 들었다.

그래서 내가 지닌 해병대 지갑을 꺼내 보여 주었다.

"나 대한민국 해병대 출신이야 ...코리아 마린 콥스!!!

해병대는 테러 안 해!!!"

나는 악에 바쳐 고래고래 소리를 질렀다.

그랬더니 그 아가씨 아까 그 싸가지 없던 놈에게 가서 한참을 설
명해주더니 내게 여권을 내 민다.

거기엔 입국불가 도장이 빨간 펜으로 지워지고 바로 옆에 3개월
비자 직인이 찍혀 있었다.

(허걱!!! 그 징그럽던 해병대 덕을 여기서 보게 될 줄이야...)

그렇게 나는 이스라엘에서의 첫날밤을 그렇게 안 낭만적으로 보
내고 말았다.

트랙에서 내리자마자 땅바닥에다 키스까지 했건만...

나중에 들어보니 이스라엘은 테러의 위험 때문에 왕복 티켓이 없
으면 입국이 거부되는 등 세상에서 제일 검색이 심한 곳이었다.

그리고 진짜로 다시 돌아간 한국사람들도 꽤 있다는 것이다.

그래서 외국인 특별히 영어에 약한 한국인들에겐 원성이 자자한
곳이었다.

유일하게 미국인들만 검색도 없이 들어오는데 특별히 유색인종
들에게는 아주 심할 정도로 검색을 하고 있었다.

어떻게 보면 나 같은 경우는 절대 못 들어오는 나라인 것이다.

유색인종에다 도착지 불명, 돌아가는 비행기표 없음, 신용카드
없음, 게다가 현금 소지 없음...근데 나는 정말 아무것도 몰랐었다.

알면 다 준비해 갔지...

*독한 놈들... 하지만 난 더 독했다

공항을 나오니 이미 아침이다.
근데 하필이면 샤바트 (유대인은 금요일 해 질 무렵부터 토요일 오후 해 질 때까지 휴일이다. 이를 안식일로 지키고 상가나 대중교통이 모두 끊긴다)였던 것이다.

나는 그 샤바트라는 것이 무엇인지조차 모르고 왔으니 정말 무대포로 온 셈이다.
버스는 끊기고 택시기사한테 텔아비브까지 비용을 물어보니 90달러라 한다.
시간은 얼마나 걸리는가 물으니 30분 걸린단다.

순간 공항 인포메이션에서의 호스텔 숙박비가 떠올랐다.
하루 10달러...

정말 저렴한 곳의 하루 숙박료가 10달러인데 택시비가 너무 센 것이란 판단이 섰다.

'어라, 이것들이 바가지를 씌우려고?'
나는 아예 가방을 깔고 앉아 내게로 몰려드는 택시 기사들을 상대로 거래를 시작했다.

이미 지난 밤...

난 독해질대로 독해졌으므로... 두려울 것도 없었다.

"3달러"

한참 나와 거래를 하던 기사들은 나의 이 한마디 말에 비웃으며 혹은 야유하며 내 주위를 떠나갔다.

'네가 좀 심했나???'

아무튼 이젠 그 기사들이 새로운 기사들이 내게 오는 것까지 막아버리는 지경이다.

이젠 내 주위에 아무도 오지 않게 되었다.

거, 참... 기분 더럽더라.

더 이상 그곳에 있는 것이 수치스럽게 느껴졌다.

그렇다고 그곳을 떠날 수도 없는 처지...

기사들은 계속 내 주위에서 나를 보며 비아냥거리고...

값을 좀 올려 부를까하니 다시 열이 받았다.

정말 독한 놈들이네...

90달러라고??? ㅋㅋㅋ택시 2번 타면 내 모든 달러는 사라지는데 장난치나?

어찌되었던 그들과 나의 금액은 차이도 클뿐더러 점점 감정의 골이 깊어져 좀처럼 좁혀질 기미가 안보였다.

순간 번득이며 스치는 발칙한 상상!!!

난 의아해하는 그들을 뒤로한 채 자신 있게 그곳을 박차고 일어났다.
이렇게 말해주면서.
"나 간다~ 잉~"

*비굴 모드는 괴롭다 !

나는 무작정 공항 주차장 출구로 갔다.
보무도 당당하게...
비행기 소리도 제법 시끄러운데 설마 귀국해서 집으로 돌아가는
사람 없겠어?

그 예감은 적중하여 내 앞에 수없이 많은 명차들이 지나갔다.
벤츠에서 포드 그리고 렉서스에 이르기까지 ...
그런데 문제는 그들이 내 앞을 그냥 미끄러지듯 지나만 간다는
것이다.
어허...
이 나라는 카풀도 모르나?

내 생애 첫 번째 히치 하이크...
특히 이렇게 되돌아갈 수 없는 처지에서 하게 된 히치는 어쩔 수
없이 비굴 모드로 자동전환이 되더라.
그럼에도 거의 2시간째 나는 주차장 앞에 서 있었다.
태양은 이미 중천에 올라 나를 괴롭히고 비행기 도착과 동시에
드나들던 차량들은 이젠 거의 움직이질 않는다.
목이 말랐다.

그런데 정말이지 다시 그 징그러운 택시 기사들한테로 가기는 싫었다.

앗, 그 순간 차량 한 대가 내 앞을 스쳐가려고 한다.

근데...ㅠㅠㅠ

그런데...

차가 좀 징~ 하다.

한 30년쯤 된 듯한 소형차인데 소음은 거의 험머(미군용 짚차)다.
게다가 운전하고 있는 청년은 거의 짚시 수준이다.
하는 수 없이 그냥 보내려고 딴청 피우고 앉아 있었더니 이건 또 무슨 황당한...
그 차가 부르지도 않았는데 내 앞에 선다.
그리고 타란다.

*비굴 모드는 괴롭다 2

차안은 거의 세탁소 수준이었다.
차가 달리기 시작하자마자 너무도 자유해지며 날아다니는 옷가지들...
거기에 기생하는 먼지들...

청년은 내가 왜 그곳에 서 있었는지 궁금해하였다.
그래서 사실대로 말했더니 그 청년 피식 웃어버린다.
텔아비브 시내까지는 10분이면 된다고 하면서 말이다.

90달러의 차비에 대해서는 어이없어하며 광분하는 것이었다.

아...

그 기사들 무리 속에서 너무도 외로웠었던 나는 그 청년의 광분하는 모습에 코끝이 찡해지면서 그 청년의 삶의 스타일에 열렬한 팬이 되어 주었다.(정의는 살아있다!!!)

그리고 내가 알고 있는 모든 지식을 다 동원해 유대인이 얼마나 훌륭한 민족인지...

내가 얼마나 이스라엘을 흠모하며 살아왔는지를 조금 뻥을 섞어가며 이야기 해주었다.

1948년 이스라엘의 독립에서부터 1967년 제 3차 중동전쟁에 이르기까지 유대민족이 아랍국가 틈바구니에서 얼마나 강인한 생명력으로 살아왔는지에 대해...

그것이 내겐 얼마나 큰 도전을 주었는지에 대해 말이다.

근데 방금 전까지도 이를 갈았던 유대인들에 대해 이렇게 감탄하니 내 스스로가 너무도 비굴하게 느껴졌다.

슬프더라.

* 말없이 빛나던 그 지중해처럼

그 청년은 나를 야코(성경상의 욥바라고 불리 우는 곳)라고 하는 텔아비브의 근방의 작은 도시에 떨구어 놓고 제 갈 길로 사라져 버렸다.

얼떨결에 그 오래된 도시의 뒷골목에 떨어진 나는 음습해 보이던 짚시들의 눈빛에 당혹스러워졌다.

길도 모르고, 내가 지금 어디에 있는지는 더더욱 몰랐다.

가이드북을 꺼내 내가 지금 보고있는 풍경과 제일 흡사한 곳에
대한 설명을 텔아비브 근교에서 찾으니 야코라고 하는 지명이 나
온다.

텔아비브랑 걸어서 갈 수 있을 정도의 가까운 도시였다.

좀더 엄밀히 말하면 텔아비브라는 신생도시가 탄생되기 전에 있
었던 오래된 도시였다.

그곳에서 하룻밤을 묶을 생각을 하고 호스텔을 찾아 들어가니 이
거 영 분위기 싸~하더라.

무슨 갱 영화에서나 나옴직한, 정말 음습해 뵈는 사람들이 정신
을 잃은 채 침대에 너부러져 있는 것이 아닌가...

벽은 허물어져가고 주방은 황폐하고 ...

나를 잡는, 그 무시무시한 문신을 그려 넣은, 왕 팔뚝 아저씨를
뒤로한 채 나는 다시 그 곳을 나왔다.

그곳에서 자면 더 피곤해질 것 같더라.

할 수 없이 텔아비브라고 하는 곳까지 해변을 따라 쭉 걸어갔다.

애완견과 함께 산책에 나선 사람들...

웃옷을 벗고 조깅하는 사람들...

그냥 앉아서 혹은 누워서 쉬는 사람들...

영화에서나 본 듯한 이국적인 풍경...

그러나 정작 나에게 있어 이국적인 풍경들이란
그 곳의 풍경이 아니라 그들의 삶의 스타일이었다.
그리고 그 날 이후로 보게 되었던 그들의 삶에 대한 여유와 누림
은 바쁘게만 채근 당해 온 이방인인 나에게 아직껏 말없이 빛나
고 있는 것이다.
내 앞에 출렁이던 그 날의 그 지중해처럼...

*아... 신라면

텔아비브의 한 호스텔에 여장을 푼 나는 곧 산책에 나섰다.
유럽인이 뽑은 최고의 휴양지 가운데 한 곳인 텔아비브는 그 도
시의 이름처럼(봄의 언덕이란 뜻) 화사하였다.

빛나는 태양...
넘실대는 파도...
다양한 인종의 사람들이 어울려 만들어낸 화려함은 지극히 매혹
적이었다.

그런데 문제는 밥값이 너무 비쌌다는 것이었다.
하는 수없이 짐도 줄일 겸 친구들이 선물한 신라면을 시도 때도
없이 먹어치웠다.
끓여먹고, 볶아먹고, 잘게 깨서먹고...

그러다가 신라면의 독특한 냄새로 내 주변에 몰려든 유럽 애들한
테 대충 조리법을 가르쳐주고 한 개당 3달러씩 받고 코리아 스파

게티라고 우기며 팔아버렸다.

폭리를 취한 셈이었지만 그래도 그 나라 물가로는 그 정도는 받아주어야 했다. ㅋㅋㅋ

뭐, 봉이 김선달의 후손으로 지중해 물을 팔아먹었어야 옳았겠지만 말이다.

* 이스라엘이라고 하는 나라

내가 생각하는 이스라엘이라고 하는 나라는 참 매혹적이다.

우선 우리나라 경상도 크기의 나라에서 사계절을 동시에 누릴 수 있다.

저 북쪽 헬몬산에서 스키를 즐길 때 맨 아래 에일랏에서는 해양스포츠를 즐긴다.

북쪽 골란고원에서는 휴양림을 즐기고 남부 네게브에서는 사막을 즐긴다.

그러나 나를 매혹시켰던 것은 이러한 주변환경이 아니라 전 세계로부터 모여든 다양한 인종의 유대인들이 만들어낸 묘한 분위기이다.

과거와 현재가 그리고 동양과 서양이 온전히 어우러진 그곳에서 나는 그들에게 깊은 호기심을 지니게 되었다.

아시아 같기도 하고 유럽 같기도 한 주거 형태나 특별히 다양한 인종의 전시장 같은 그러나 하나의 유대인으로 남고자 이곳에 몰려든 사람들...

우선 군인들을 보면 알 수가 있는데 정말 다양한 피부색의 유대인들이 같은 색의 군복을 입고 있었다.

아마도 디아스포라(AD64년 로마장군 티투스에 의해 예루살렘이 함락된 이후 전 세계로 쫓겨난 유대인들을 가리킴)의 영향이 컸을 것이다.

이방족속과의 혼인을 엄격히 금했던 유대율법도 뼈아픈 역사와 곤고한 일상에는 아무런 소용이 없었던 듯 싶다.

그러나 이제 그들이 만들어내고 있는 이스라엘은 묘한 힘이 느껴진다.

다양성과 전통이 결합된 말로 표현하기 힘든 어떤 매력이 있는 것이다.

나는 그것을 하나의 숙명 공동체로서의 역사적 상흔이 있는 다양한 사람들이 만들어내는 하모니라고 분석하지만 하여튼 묘한 매력이 있는 나라임에는 분명하다.

*키부츠 , 마오츠 하임

사실 돈이 없음에도 무작정 출발하였던 것에는 다 믿는 구석이 있었다.

정 안되면 키부츠에서 머물며 성지만이라도 구경하고 돌아오겠다는 것이 최후의 계획이었던 것이다.

어차피 군 제대 후 바로 복학하여 남들보다 졸업도 6개월이 빨랐으니 성경에 나오는 성지라도 밟았으면 하는 바램이 컸다.

비용이 많이 소요되는 해외 여행은 생각도 못하고 그저 지닌 것
건강한 몸 하나 있으니 열심히 일해주고 깊은 묵상이나 넓은 경
험을 쌓고 싶었던 것이다.
그래서 후배가 머물렀다는 키부츠에서 출국 전 이미 승낙도 얻어
놓았는데 그곳 이름이 마오츠 하임이다.
이름 예쁘지 않은가?
어찌 되었든 그 최후의 계획은 너무도 빨리 돌아와 버렸다.

*키부츠닉의 삶이란 것...

어떤 이들은 키부츠를 공산권의 몰락으로 또 다른 유토피아를 꿈
꾸었었던 동유럽 사람들과 러시아 사람들이 만들어낸 이상주의
사회의 실현이라고도 말들 하지만 난 그렇게 보지 않는다.
키부츠는 이스라엘의 독립 전부터 개국의 희망으로 전 세계에서
자원한 이들이 황폐한 이스라엘 땅에서 일구어 냈던 기적의 산물
이다.
아무튼 그 키부츠닉(키부츠에서 사는 사람들을 이르는 말)의 삶
은 단순하다 못해 지루하기까지 하다.

매일 같이 반복되는 일.
단조로운 일상.
그리고 익숙한 사람들.
그래서 대부분의 젊은이들은 도시로 나간다.
때문에 많은 키부츠들이 위기에 직면한 상태인 것이다.
그 해법으로 나온 것이 어느 정도의 사유재산 인정이라니 자본주

의는 시대의 대세인 것만은 확실한 것 같다.

그러나 그들의 삶을 자세히 들여다보면 충만한 그리고 밀도 높은 삶의 실현이 있다.

더 이상 욕심 내지지 않는 일..

더 이상 강요하지 않는 사람들...

필요 이상으로 많이 남는 여가 시간...

그들은 그들 나름대로 스스로에게 그리고 가족들에게 집중할 수 있는 체제를 보장받고 사는 셈이다.

그리고 그것이 얼마나 소중한 것인지도 이미 알고 있는 사람들이다.

그런데 이젠 그런 체제까지 허물어지고 위협받고 있다니 조금은 씁쓸해지는 것은 사실이다.

아마도 우리가 지금 이렇게 바쁘게 살며, 자신과 가족을 희생하며, 얻으려는 것이 바로 그러한 것들인데 그들은 자신과 가족을 희생하지 않으면서도 지금 그리고 이미 누리고 있는 것이다.

안타까운 사실은 우리가 그 모든 것을 다 갖추었을 때 대부분 남겨진 시간이 짧음을 한탄하거나 이미 허물어진 가족들과의 관계를 회복하지 못한 채 그렇게 살아간다는 것이다.

이것이 내가 그들을 매혹적으로 생각하는 가장 큰 이유다.

그들은 남들에 의해 강요된 속도가 아니라 누가 뭐라고 하든 스스로 정한 삶의 방향에 의해 살아갈 줄 아는 사람들인 것이다.

*어허, 무엄하구나!!!

키부츠에서 내가 한 일은 하루종일 야자수 열매를 따는 일이었다.
답답하게 식당이나 공장에서 일하지 않고 이국적인 종려나무 숲
으로 짚차를 타고 가서, 4륜구동 오토바이를 타고 들어가 긴 만
도칼 같은 것으로 열매를 쳐서 떨구는 것이다.
마치 정글에 와 있는 것 같기도 하고 …
무엇보다도 주변에 사막처럼 황막한 풍경이 너무도 설레게 하였다.

일도 역동적이라 맘에 들었는데 문제는 그 일이 너무 고된 일이
라 키부츠의 발렌티어가 아닌 동남 아시아인들을 일꾼으로 쓴다
는 것이다.
그러니까 발렌티어 가운데 나만 그 태국 노동자 사이에서 일을
하게 된 것이다.
거기다가 내 숙소도 아예 태국 노동자들이 있는 곳으로 정해주었
으니 나는 졸지에 발렌티어와 노동자 사이의 경계인이 되어 버렸다.

사실 그런 것도 나는 개의치 않았다.
문제는 다른데 있었다.

그 태국 노동자의 삶이라는 것은 우리나라의 외국인 노동자와 흡
사하다.
심리적으로 현지 사람들에게 많이 위축되고 주눅들며 살고 있는
것이다.
그래서 난 유독 그들에게 잘해주었다.
그러던 어느 날 그들 사이에서 내가 씩씩하게 일하고 있을 때 그
들이 자신들의 일마저 내게 은밀히 넘기고 있음을 알아 버렸다.

결정적인 순간에 나를 부려먹고 있는 그들만의 눈짓을 바라보게
된 것이다.

정말 황당하더라.

나는 발렌티어로 한 달에 80불 받는다.

그러나 그들은 정식 워커로 한 달에 1000 불 넘게 받는다.

근데...

그러면 안되지...

나는 발렌티어 담당 리더에게 찾아가 일터를 바꾸고 싶다고 했다.

그랬더니 펄쩍 뛴다.

그쪽 일터 담당 유대인이 나를 너무 칭찬하더란다.

쉬지도 않고 일하더라고...

(그렇겠지...워커보다 더 일을 많이 했으니까...쩝!)

나는 아무 말도 없이 다른 일터로 가고 싶다고 하였다.

몇 번 만류하던 그 리더는 솔직히 그곳은 일꾼들의 영역이었노라
말해주며 미안하다고 말하더라.

정말 힘 빠져서 그 곳에 더 있고 싶지도 않더라.

아마도 내가 영어가 안되니 내 의식수준조차 의심하는 것 같다는
생각에 분해서 견딜 수가 없었다.

그러나 그 리더는 일흔이 넘으신 할머니...

그 날 나는 발렌티어 휴게실을 샅샅이 뒤져 한국어로 된 영어 책
을 찾았다.

성문 기초 문법책과 혀가 확 꼬부라진다는 회화 책...
그래, 제발 좀 확 꼬여줘라...
그 날 밤부터 내 방에서는 면학의 열기가 쉽사리 사라지지 않았다.

* 만국 공용어가 되어버린 영어

이미 영어는 만국 공용어가 되어 버렸다.
내가 여러 나라를 여행하면서 느낀 결론이다.
말 그대로 영어만 할 줄 알면 세상 어디에서도 의사 소통이 되는
것이다.
그런데 안타까운 것은 우리나라에서는 영어만 정말 10년 넘게,
징그럽도록 하는데 해외 나가면 말짱 꽝 이라는 사실이다.

결론은 하나...
읽기와 쓰기 위주의 교육 탓이다.
그러니 듣기와 말하기가 전혀 안 된다.
그래서 토플과 토익점수가 무지 높은 한국 학생들도 그곳에서는
벙어리 신세이다.
먼저 들려야하는데 들리지가 않는 것이다.

나는 영어가 안되어 외국 아이들과 무지 갈등을 빚은 편이다.
그러니 처음에 배운 영어라는 것이 거의 전투적이다. ㅠㅠㅠ
그런데 그렇게 부딪히다보니 어느 순간에 들리더라.
그들의 억양과 발음에 익숙해지는 것이다.
물론 영어로 너무 스트레스를 받아 나는 남들이 다 퍼브(선술집)

에서 놀고있을 때에도 방안에서 영어 책을 통째로 암기하고 있었다.
그때는 잘 안 들렸는데 싸우면서 들리게 되었으니 회화는 직접
부딪혀야된다는 말이 내게는 사실로 입증된 셈이다.
결국 영국으로 가려고 이스라엘을 떠나던 날 공항에서 나는 이스
라엘 경찰들과 어설프지만 농담도 제법 할 줄 아는 수준이 되어
버렸다.(3개월 전과는 너무 다르지!!!)
알고 보니 그 경찰들도 영어 잘 못하더만...

이 영어에 관해서는 아시아 대륙을 가로지를 때가 되니 새로운
철학이 생겼다.
너무도 많은 영어 억양과 발음들...
그 모든 것이 구별되기 시작하는 것이다.

아, 쟤는 정통 영국식 발음.
쟤는 프롬 아메리카..
앗, 쟤는 동남아 스타일...
뭐 이렇게...

이 정도 되니까 영어로 인한 스트레스가 많이 줄게 되었다.
각 나라의 스타일에 맞추어 그냥 특성화된 영어...
그냥 내 스타일로 하면 되는 것 같더라.
아무튼 영어는 이제 공부해서 되는 것이 아니란 생각이다.
영어는 그냥 평범한 일상이 되어야 한다.
밥을 먹듯...
숨을 쉬듯...

그래도 아직까지 '한국어가 만국 공용어가 되었었다면 얼마나 좋았을까?'란 아쉬움은 남는다.

다시금 키부츠를 꿈꾸는 영혼들을 위해 권면하기는 한국을 떠나 자마자 자국의 국력, 자신의 체력, 심지어 가문의 영광까지 다 필요 없다는 것을 기억하라는 것이다.

선한 마음을 품고 그 곳으로 떠나도 영어를 잘하면 발렌티어(자원봉사자). 그렇지 않으면 워커(노동자)취급인 것이다. ㅠㅠㅠ

참, 그렇다고 내가 무슨 영어의 귀재가 되어 돌아왔냐?

여전히 나는 외국인들과 영어보다는 눈빛으로(^^) 많은 말을 주고받는 사람이다.

이 눈빛이라는 것...

생각보다 많은 말을 할 수 있다는 것도 그 곳에서 알게 되었다...

* 히치의 귀재가 되기까지...

키부츠에서도 샤바트(안식일)는 쉬게 한다.

대부분의 유럽아이들은 주로 전날 광란의 파티를 마치고 폐인처럼 지낸다.

이 샤바트에 나는 마오츠 하임 근처의 성지를 순례하였다.

문제는 경비였는데 한 달에 80불 받는 내 입장에서는 거의 엄두를 못내는 상황이었다.

나 역시 대부분의 알뜰한 한국 발렌티어들이 그러하듯 키부츠 음식을 아침에 몰래 짱 박아서 도시락으로 준비하고 이동은 거의 히치였다.

그런데 당시 상황이 팔레스타인과의 마찰이 심화되었던 단계라 대부분의 이스라엘사람들은 이방인 특별히 유색인종을 태우려 하지 않았다.

1시간이면 가는 길을 돈 아끼려고 반나절에 걸려 간다.

그러니 돌아올 때쯤엔 파김치가 된다.

그렇게 몇 주가 지나니 히치의 노하우가 생겼다.

우선 몇 가지로 나눌 수 있는데 이를 깨우치고 난 후로는 확실히 히치가 수월해졌다.

첫째, 가능하면 가고자하는 방향의 정선(교차로)을 지나서 서 있을 것.

왜냐하면 어렵게 잡은 차인데 바로 앞의 정선에서 방향이 달라 내려야하는 아픔을 피하기 위해...(정말 절망이다. 이런 경우엔...)

둘째, 그들로 하여금 당신을 선택하게 하라.

즉, 그들이 당신을 태우고 가면 빈차로 가는 것보다 낫다는 생각이 들도록 당신을 매력적으로 그 짧은 순간에 다 표현해야 한다.

다행히 나는 외국인이 좋아하는 칼라(카키, 그린, 베이지 그리고 브라운)를 나 역시 좋아했기 때문에 복장엔 별 문제가 없었다.

그런데 문제는 인상...ㅠㅠㅠ

그러나 걔들도 미소에는 호감을 보인다.

가끔 웃는 얼굴에 침 뱉고 먼지나 경적을 일으키며 휙~하니 지나가는 싸가지들이 있는데 그들에 대한 표정관리가 바로 다음 히치를 좌우하는 것이다. ㅠㅠㅠ

그럴 경우엔 절대로 욕하거나 팔뚝질(^^)하면 안 된다.

그것은 되돌릴 수 없는 실수!!!

그때는 정말이지 여유롭게 빙긋 웃으며 마치 영화의 한 장면처럼 어깨를 으쓱하며 다음 차를 맞이해야 하는 것이다.

인생 서글퍼지는 거지...

그리고 여자일 경우 혹은 남자라도 조금 분위기가 심상치 않으면 거절해야 한다.

의외로 많은 발렌티어들이 히치를 하다가 강력범죄를 당한다.

특별히 동양 여자들에 대한 그릇된 환상을 지니고 있는(일본 포르노 영화나 그들의 개방된 성문화의 영향인 것 같다는 분석이 제일 유력하다. 이는 세계 어디서든 한국 여자여행객들을 힘들게 하더라) 사람들이 간혹 있어 동양여자들 같은 경우는 가능하면 일행이 없이는 히치를 안 하는 것이 일반적이다.

아무튼 히치를 하면서 느낀 것은 자동차라고 하는 작은 공간과 그 짧은 시간에도 충분한 교감이나 공감대가 형성되는 사람들이 있다는 것이었다.

마치 우리네 인생처럼...

진실함과 성실함이 어우러진 그러한 교제는 언어의 장벽을 뛰어넘는, 말 그대로 인류애에 기초한, 하루의 모든 피곤을 말끔히 씻어주는 영혼의 단비와도 같았다.

달빛에 노니는 서정
-이스라엘 마오스 하임에서-

그 날도 이런 밤이었으리
뽕나무 드리워진 소롯길따라
내 님 거닐던 자국이 선연해...

이천의 세월 변함도 없이
기다리시고,
축복하시고,
약속이 되심으로
내 안에 베여지는 흥건한 사랑

적빛의 광야에도 흐르는 미련이 되어
잿빛의 하늘에도 밀려드는 그리움 되어

이 밤도 불러보는
내 안의 사랑
그 님으로 이 밤도
달빛에 노니는 서정

*지금도 잊지 못하는 그 밤

그곳에서 섭호씨를 만났다.

그는 고신대를 졸업하고 나보다 두 달 먼저 그곳에 와서 묵상 중이었다.

날카로운 눈매에 선이 굵직한 외모를 지니고 있던 분으로 온유함과 강직함이 느껴지는 경상도 사내였다.

그는 내가 언어 장애로 매일같이 싸가지(이건 오직 내 견해이다... 말이 안 통하여 스스로 느끼게 되었던 자격지심...) 없는 서양 애들과 갈등하고 있을 때에도 늘 중간에서 지혜롭게 대응해 주었다.

똑같이 신학대학을 졸업한 사람인데 두 사람의 인품에는 많이 차이가 나는 것 같아 늘 부끄러웠다.

나는 그와 많은 신학적, 성서적 묵상을 나누곤 했는데 나에게 있어 나보다 한 살 많던 섭호씨는 여호와 이레의 귀한 사람이었다.

아무튼 일과 후 고즈넉하게 밀려오는 노스텔지어와 외로움 그리고 하나님의 음성에로의 깊은 집중들이 어우러지는 밤들이 많았다.

커다란 뽕나무 아래서 바람결에 덩달아 흔들렸던 그리움...

그리고 광막했던 광야로부터 불어오던 태고적 외로움...

어느 날 밤부터인가는 은은한 달빛 아래서 그분은 하모니카로 낮익은 곡들을 불어주며 그 적막함을 깨고, 나는 내가 그날그날 지은 시들을 읽어주며 혹은 조용히 화음을 넣어 복음성가를 부르는 것으로 하루의 일과를 마치곤 하였는데, 이것은 일과 후 광야 주변을 구보하였던 일과 이른 새벽 지저귀는 새소리에 깨어 성경을 묵상하고 산책에 나섰던 일과 더불어 마오츠 하임에서의 최고의 낭만적인 기억이 되어버렸다.

*우리 집이 목장이과네...

우리 어머니께서는 늘 나를 주방엔 얼씬도 못하게 하셨다.(옛날 어르신들이 다 그러하셨듯...)
사내는 모름지기 큰 일을 도모해야 하는 것이라며...
그래서 내가 라면이라도 끓여먹을 요량으로 주방에 들어가는 날엔 거짓말 조금 보태면 내 누이 방에선 밤이 새도록 곡소리가 끊이지 않았다.
그리고 말씀하셨다.
사내로 태어났으면 활 쏘는 것이나 말 타는 것을 배우라고...

마오츠 하임 키부츠엔 말 목장이 있었다.
문제는 키부츠닉만 이용할 수 있다는 것이다.
이태리 로마에서 온 여자 발렌티어 아이는 석 달동안 말 목욕을 시켜 주었어도 끝내 타지 못했다는 전설이 있는 곳이다.

그러나 나는 말을 타야 했다.
그것만이 효도하는 길 아닌가???

그래서 일과 후 구보하기 전 목장 울타리에 턱을 괴고 1시간씩 그들만의 잔치를 지켜보고 있었다.

그러기를 한 3주정도 지났을까?

그곳의 여자 매니저가 내게로 다가왔다.

그리고 말을 건넨다.

그 여자: 왜 자꾸 오니?

나: 말이 타고 싶어요...

그 여자: 말 타 본적 있니?

나:(순간 너무 당황해서 그만,)

　우리 집이 목장이예요.

그랬더니 그 여자 나더러 들어오란다.

그리고 코치에게 말 한 필을 부탁한다.

하얀 백마였는데 무지 컸다.

나는 잠시 아득해졌으나 이내 정신이 들었다.

말 타다 낙상해서 죽었다던 유명한 옛 사람 이름이 생각지도 않

았는데 갑작스레 떠올랐다.

코치는 안장을 올리고 있었다.

앞서 말했지만 그런 면에서 나는 때뚝한 놈이란 친구녀석들의 말

이 맞는 것 같다.

한 3주정도 그들의 훈련 과정을 지켜보았으니 뭐 기본은 있는 것

이나 다름없지, 뭐...

또 운동도 꾸준히 해왔으니 운동신경도 떨어질리 없고...

속으로 나는 그렇게 되뇌고 있었다.

게다가 내 오랜 꿈 가운데 하나는 오픈 짚차나 말을 타고 사막을
질주하는 것이랑 다이버들의 성지 홍해에서 스쿠버 다이빙하는
것이 있었다.

뭐... 됐네...
내 오랜 꿈에의 경배...
그 어떤 대가도 달게 받으리라...

그녀는 내게 말고삐를 쥐어주었다.
나는 안장을 잡고 발걸이에 발을 올리자마자 서부 영화에서 보았
던 것처럼 폼나게 올랐다.

나: (휘파람으로 황야의 무법자 음악을 내 준 다음 정확한 발음
으로) 총을 다오...
그 여자: (크게 웃어 제키더니 그 웃음이 끝나기도 전에 채찍으
로 그 백마를 힘껏 내리친다)

아...
그런데 정말이지 나는 백마 탄 왕자가 되고 싶었는데...
왜 그렇게 빠른 거야?
말안장 위가 생각보다 너무 높더라...
처음엔 당황했던 나는 우선 배운 대로(?)
아니, 눈치껏 허리를 펴고 엉덩이와 발에 힘을 나누어 리듬을 탔다.
안 어렵더만...

74

아...
성경에 나오던 불의한 재판관에게 날마다 호소하여 결국 소원하던 바를 성취하였던 한 여인의 이야기는 바로 이런 열정에 관한 이야기로구나 생각이 때뚝한 총각 머릿속에서 잠시 스쳤다 사라졌었다.

아무튼 그 날 이후 나는 일과 후 승마할 수 있는 허락을 받은 유일한 발렌티어가 되었다.

*가없는 세월처럼...

그곳에서의 일상은 키부츠닉이 그러하듯 지극히도 단조롭고 평화로웠다.
하루 8시간만 일하면 음식과 옷가지(비록 헌 옷들이지만) 그리고 숙소(물론 징~한 곳들이지만)가 제공되었다. 키부츠닉은 물론 그곳에서 일하는 누구라도 어느 정도의 노동의 대가로 훌륭한 음식과 숙소 그리고 무엇보다도 평화로운 일상을 제공받는다.

이상한 일이었다.
더없이 한가로운 세월이 찾아올수록 나는 내 자신에게 좀더 정직해질 수 있었고 집중할 수가 있었다.
그런데 그러한 날들이 늘어날수록 한국에 떨치고 왔노라 생각했던 내 안의 아쉬움과 미련들이 다시금 자라나는 것이었다.
내가 어느 곳에 있든지 '신 앞에 단독자'로서 뿐만 아니라
'내 존재 앞에 단독자'로 마주해야 한다는 것을 깨우쳤다.

피할 수도 비껴 갈 수도 없는 삶 그리고 사람들...
다만 내가 외면하고 혹은 의식하지 못했을 뿐이었지 그것들은 늘
내 앞에 드러누워 있었던 것이다.

그 날 지었던 시는 이렇게 그 느낌을 기억하고 있다.

가없는 세월처럼
-자파 앞 지중해에서-

대양을 휘돌아 찾아 온 세월
그 많던 애증을 대양에 묻고
기어이 나 여기 서 있건만

올려다 본 하늘엔 구름 같은 미련만,
거니는 걸음마다 질척이는 그리움...

보탤 수도 제할 수도 없는
나 있는 어디에도 찾아올 세월
태양보다 정직한 가없는 세월

이를 깨닫자 삶의 한자리에서도 진실함과 성실함으로 서 있어야
겠다는 생각이 들었다.
이것은 내겐 너무도 귀한 깨달음이었다.
나 다시 일상으로 돌아가 바쁜 날들을 맞이할지라도 절대자와 내
존재 앞에 진실함과 성실함으로 마주하리란 다짐...

그렇게 내 영혼에 또 하나의 나이테가 그려지고 있었던 것이다.

*가슴 시린 세월 앞에서...

기독교인으로서 나에게 임한 가장 큰 축복은 뭐니뭐니해도 성서
의 땅에서 주일을 맞을 수 있었다는 것이다.
물론 샤바트가 토요일이라 엄밀히 말하면 우리가 말하는 주일(일
요일)은 아니지만 나에게 있어 그곳에서의 하루하루는 모두 다
주일(주님의 날)이었다.
몸은 고되다 할 지라도 내 거니는 곳곳에서 나는 주님의 숨결을
느낄 수가 있었으니 말이다.
지금까지도 그런 생각이 나도 모르는 사이 내 영혼에 임하게 되
면 나는 눈물부터 난다.

주님께서 거니셨을 거룩한 터에 너무도 미천한 자가 서 있는 것
이 부끄러워서였기도 하지만 더욱 큰 이유는 그 터에 내가 서 있
었다는 감격이다.
나는 다만 그 곳에 내가 서 있음으로 행복했다.
기독교에서는 시간을 크게 두 가지로 구분한다.

78

하나는 '크로노스' 이것은 물리적이 시간 개념이다.

즉, 우리가 약속한 공리로서의 시간 말이다.

이것은 과거와 현재 그리고 미래가 수평선으로 구분되어 있배.

그리고 또 하나는 '카이로스' 라고 하는데 이것은 하나님께서 친히 역사 하시는 진리의 시간이다.

시간과 공간의 구별이 사라지고 오직 은혜가 임하는 시간...

이것은 과거 현재 그리고 미래가 수직선으로 함께 움직이기에 가능하다.

나에게 있어 이스라엘에서 주님께 받았던 은혜는 바로 이 '카이로스'에 내가 참여하는 체험을 하였던 것이다.

눈물이 마를 수가 없는 슬픔과 아픔의 땅.

그럼에도 부활과 약속이 있음으로 소망을 품을 수 있는 땅...

그곳에서 나는 내 소명에 대해 깊은 묵상을 하곤 하였다.

그럴 때마다 주셨던 은혜와 감격이라는 것은...

아, 그것은 정말이지...

그때의 감격을 나는 다음과 같은 시로 기록해 두었다.

님 거닐던 눈물의 땅에서
- 이스라엘 예루살렘에서-

아...
이곳이 정녕 님 거닐던
눈물의 땅 일진데

님 어루만져 슬피 울던
구령의 열정은
이곳 광야 어딘가에
눈물로 흐를 진데

님 좋다 따라 나선
내 밟던 터에는
존귀와 금빛 영광만
굽이치는데

아, 진작에라도 발걸음 모두어
연약한 무릎 되었더라면
나 님의 고단한 발자국이라도
보듬을 수 있었을 터인데
님 위해
눈물로 녹아질 수 있었을 터인데...

아...
눈 길 닿는 모든 곳에
눈물만 난다

아직도 나는 이스라엘을 위하여 기도하는 족속가운데 한 명인데 이스라엘을 위하여 기도하는 가장 큰 이유는 바로 이것이다.
이미 내가 받은 은혜가 이미 족한 것이다.

*쿰란 공동체와 사해 두루마리

사해에 들렸다가 근처 쿰란 공동체가 있었다고 전해지는 광야 가운데 있는 황량한 돌산에 가 본적이 있다.
20세기 최고의 발견이 이루어졌다는 곳을 말이다.

1947년 어느 날 사해 근처에 살던 베드윈의 양치기 소년은 잃어버린 양을 찾기 위해 한 동굴 속으로 돌을 던졌는데(양이 놀라 울면 데리러 가려고) 그 속에서는 엉뚱하게도 항아리가 깨어지는 소리가 났다.
궁금하여져 동굴 속으로 들어간 베드윈 소년은 그곳에서 뜻밖에도 양피지로 만든 두루마리가 들어 있는 질항아리를 발견하였다.
그것은 히브리어와 아람어로 적혀져 있던 구약성경 이사야서 등이 적힌 구약 필사본이었다.

훗날 이스라엘의 수케닉 교수와 그 아들에 의해 수집된 이 두루마리들은 기원전 2세기의 것으로 판명됐다.
이 문서들은 마카비시대에 새로운 종파를 형성하고 기원전 2세기부터 기원 후 1세기까지 이곳에서 공동체를 이루며 살았던 에세네파 사람들이 율법과 예언서를 필사해 자손들에게 물려주려 했던 것으로 그들은 공동체가 서기 68년 로마군에 의해 그 쿰란 공동체가 완전히 파괴되기 전 두루마리 구약성서와 문헌들을 항아리에 담아 동굴에 숨겨 놓았다.

이 문서들은 매우 건조한 이 지역의 기후 덕분에 2천년 가까운 세월동안 고스란히 남아 있을 수 있었다.

(훗날 예루살렘에 있는 박물관에서 본적이 있는데 기분이 묘하더라)

그런데 이것을 왜 금세기 최고의 발견이라 하느냐?
그 이유는 이러하다.

성서의 원본은 현재 없다.
따라서 우리가 가지고 있는 성서는 여러 사본에서 비교하여 만들어진 성서를 번역한 것이다.
그런데 문제는 사해사본 발견이전의 가장 오래 된 구약성서 사본은 현재 대영 박물관에 보관되어 있는 9세기 이후의 것으로 추정되고 있는 5경의 사본이었던 것이다.

그러니 진보적인 색채를 지닌 신학자(특별히 독일 신학자 그룹)들 사이에서는 꾸준히 성경이 번역되는 과정에서 오류가 있었을 것이라고 하는 견해가 제기되었다.
이것은 성서의 절대성을 뒤흔드는 것으로 사실은 기독교 세계관 위에 형성된 서구 문명에 근간에 대한 대단한 도전이 될 수도 있는 민감한 사안이었다.

그러나 발견된 사해 두루마리 가운데 포함되어 있는〈이사야서〉의 사본이, 그 이전까지 가장 오래 된 성경 사본이라고 여겨졌었던 그 경전보다도 1,000년이나 앞서는 BC 2세기경의 것으로 추정되고 있지만, 우리가 현재 사용하고 있는 구약의 이사야서와 동일하다는 것이 밝혀짐으로 이러한 논쟁에 종지부를 찍은 것이다.

이왕 말이 나왔으니 성서에 관한 단상을 이야기했으면 한다.

신ㆍ구약성서의 편집, 기록기간은 1,000년이 넘는다.
성서 각 문서의 시대적 배경, 사상적, 역사적 그리고 사회적인 배경이 다르고 문체도 다른 이유가 여기에 있다.
따라서 성서의 각 문서는 그 내용에서 모순되는 경우도 있고, 문화적 또는 윤리적으로 오늘날 우리가 그대로 따르기가 불가능한 것도 있다.

그러나 중요한 것은 성서 안에 흐르고 있는 통일성이다.
다른 시대와 역사, 사상과 사람 그리고 문화 등에 의해서 집성된 성서 66권은 창세기부터 요한의 묵시록까지 일관되는 통일성이 있다.
성서를 바르게 이해하려면 이 통일성에 대한 개념이 바로 서 있어야 하는 것이다.

그런데 중요한 것은 성서를 통일케 하는 것은 하나님의 역사라는 것이다.

즉, 성령의 능력이요 역사이다.

성서가 인간들에 의해서 각 시대, 여러 장소에서 편집, 기록되었으나 그 인간에게 성령의 역사가 있어서 하나님은 그 사람을 통해 뜻을 계시한 것이다.

이를 근거로 한 영감설에는 축자 영감설(verbal inspiration theory), 기계적 영감설(mechanical inspiration theory)이 있는데 이 영감설들은 성서의 모든 글자 하나 하나가 모두 하나님에 의해 쓰여졌고, 인간은 다만 기계같이 받아 쓴 것 뿐이라 말한다.

이 설보다 약간 온건한 설로서 유기적 영감설(organic inspiration theory)이 있는데, 이것은 글자로 적은 부분은 인간의 작용을 인정하나 전체적으로는 신에 의해 쓰여졌다는 것이다. 그럼에도 이 세 학설에 모두 공통되는 것은 성서는 그 문자 하나 하나에 오류가 없다는 문자 무오설을 주장한다는 점이다.

그러나 우리가 기억해야할 것은 문자가 무오해야 성서가 하나님의 말씀이 된다고 믿는 입장이나(보수주의 신학 계열에의 주장), 성서 본문비평을 통해 성서의 참뜻을 찾고 본문 회복작업(진보주의 신학 계열의 주장)을 해야 한다는 주장이나, 성서를 하나님의 말씀으로 고백한다는 사실이다.

성서가 하나님의 말씀인 가장 큰 이유는 성서 안에 문자의 오류가 없기 때문이 아니라, 성서를 읽는 한 사람 한 사람에게 하나님께서 매순간 성령을 통해 말씀하시기 때문이다.

고로 성서의 이해는 성령을 통해 가능하다는 사실에 유념하며 성서를 대해야 하는 것이다.

*네가 어찌하여 여기 있느냐

어느 날인가는 하이파에 있는 엘리야의 동굴을 찾아 나섰던 적이
있다.
엘리야...
열정과 능력의 선지자..

그의 뼈아픈 좌절과 눈물이 머물렀던 그 동굴에서 갑자기 그의
절망이 내게로 밀려왔다.
마치 하나님께서 내게 주신 사역을 두고 왜 내가 이곳에 있냐고
책망하시는 듯 하여 두려움에 끝내 무릎을 꿇고 기도하였다.

네가 어찌하여 여기 있느냐(열상 19:9)
-하이파 엘리야의 동굴에서-

지중해
이리 푸른 눈부심이건만
옛적 요단 그린 시냇가의 그 맑음이 그리워
나 오늘도 이리 탁한 굴에서
고달픈 하루를 여미건만

내게도 가슴 벅찬 감격의 기억이 있어...
갈멜산 영광의 이적이 그러하였고
사르밧 과부에의 축복이 그러하여
생명의 오고감이 내 안에 있었건만

오늘은 이방여인에 내 명이 달리어
로뎀 나무에 기대어
숨가쁜 내 세월을 조율하노니

사십 주 사십 야를 헤맨 광야에서
나 얻은 것이라곤
음습한 굴 하나가 전부여서
오늘도 옛 냇가의 까마귀를 그리는데...

차라리 나,

디셉 사람으로만 기억되었더라면

그 많던 영광도 , 애증도 다 잊고

나 조용히 내 터 길르앗에

우거하였더라면...

이 밤 회한에 쓸어보는

굴 모퉁이에는 먼지처럼 푸석이는

지난 세월의 편린들...

그것이 나를 이리 서글프게 만들고 마는데...

      .

*갈릴리는 호수다!!!

갈릴리는 나에게 있어 참 의미 있는 곳이다.

지금이야 아브라함처럼 갈 바와 할 바를 알지 못하고 믿음으로 순종하며 나아갔노라(히11:8) 쉽게 이야기할 수 있지만 이스라엘에서의 삶들이 내게 그다지 편했던 것만은 아니었다.

거리를 거닐다가 나도 모르게 당하고만 몇 미터 앞의 폭탄 테러나 (물론 나는 터럭 하나 상하지 아니하였지만) 밤마다 뜨는 시끄러운 아파치(대전차 공격용 헬기)의 시끄러운 굉음들은 다른 발렌티어들과 같이 나를 불안케 했다.

'어라? 이러다 죽으면 순교인가?'

뭐, 이런 생각들…

집이 가까운 유럽 애들은 이미 귀국해버렸고 돈벌러 온 동남아 워커들이나 깡 좋은 애들만이(특별히 한국 애들… 분단국의 자손들이라 별 심각하게 느끼지 않는 듯 했다. ㅠㅠ) 키부츠를 지키고 있었다.

그러다 사태가 점점 파국으로 치닫자 결국은 많은 애들이 귀국하고 키부츠 발렌티어 숙소는 정말이지 텅텅 비어 갔다.

그런 날들이 찾아오니 돌아갈 비행기 표도 없는 나는 참 막막해지고 내 자신이 한심스러워 졌다.

'고향이~ 그리워도 못 가는 신세~ '로 시작되는 예전 유행 가락에 나는 마냥 흔들렸다.

내 깊은 곳에서 고향의 따사로운 햇볕 냄새가 그리고 바람의 냄새가 피어나곤 하였는데 안올라치면 그것들은 한 달음에 저 멀리 사라지곤 하였다.

그래도 나는 휴일이면 근처의 성지를 꼭 다녔는데 들리는 소문에 의하면 한국 대사관에서 전세기를 조만간 마련해 모든 이스라엘에 거주하는 한국인들을 귀국시킬 것이라는 소문이 들려왔기 때문이다.

'아싸! 돈 굳었다!!!^^'
막상 그런 날이 온다고 하니 한 곳이라도 더 보고 싶고, 느끼고 싶었다.
그것이 나를 이곳까지 보내주려다 장렬히 산화한 사하라(이전에 타고 다니던 짚차 이름)에 대한 예의이기도 하고...

갈릴리는 그런 곳 중에서도 내가 자주 찾던 곳이다.
갈릴리...
예루살렘을 제외하고 주님의 숨결을 가장 많이 느낄 수 있는 곳이었다.
나는 그곳에서 파도를 잠잠케 하시는 권능의 예수님과 가버나훔에서 말씀을 선포하시던 열정의 예수님 그리고 산상 수훈을 말씀하셨던 휴머니스트로의 예수님을 시공을 초월해 입체적으로 만나곤 하였다.
그것은 참 경이로운 일이었다.

그도 그럴 것이 묘하게 그곳은 현대와는 거리가 먼 2000년 전

모습 그대로 있는 듯하여 말 그대로 현장 학습이 되었다.

고기 잡는 어부들...

고요한 호수.

그리고 저 너머로 뵈는 모압 땅.(지금의 요르단)

십자군 시대의 건물에서 비록 사람들이 장사를 하고는 있지만 호수 주변은 마치 현대와는 거리가 먼 2000년 전 그대로이니 그렇지 않아도 몽상으로 다져진 나의 상상력은 하나의 다큐멘터리를 찍고도 남는다.

아...

이쯤에서 베드로와 안드레를 부르셨을 테고,

베드로의 장모의 열병은 이쯤에서 고치셨을 테고...

아...

낙향한 베드로가 날마다 회한에 괴로워 오열했을 곳이 어디일까?

하며 나는 그 넓은 갈릴리 호수 주변을 헤매고 다녔었다.

그런데 정말 지금껏 감격스러운 것은 그곳에 찾아간 날마다 3번 연속으로 호수 위로 무지개가 걸려 있는 것이 아닌가?

너무도 맑고 고운 무지개가...

한 두번은 감탄으로 그쳤지만 세 번째 찾아갔을 때도 동일한 무지개를 보니 마음속에 확신이 임하였다.

노아에게 두 번 다시는 물로 심판치 아니하시겠다는 언약의 표시로 처음 성경에 등장하는 무지개...

나는 이것이 간혹 불안해하며 때론 두려워지기까지 하였던 연약한 나에게 보여주신 하나님의 언약의 표시라는 영적인 은혜에 사로잡혀 얼마나 감사하였는지 모른다.

그 후로 나는 길을 지나다 한번은 버스에서 또 한번은 상가에서 폭탄 테러가 있었어도 눈 하나 꿈쩍하지 않았다.

그 때 내게 주신 표적이 너무도 강렬하고도 또렷하였던 것이다.

적어도 지금 죽으면 천국은 간다라는 확신으로부터 오는 평안함...

그래서 아직껏 갈릴리는 내게 있어 성지 중에 성지이다.

참, 갈릴리는 호수 맞더라.

물 마셔보니 안 짜더라...

근데 누가 자꾸 바다라고 우기는 것이야??

*스스로를 옭아매며...

앞서 이야기했듯 나는 영어가 한동안 안되어 자격지심이 심했다.

물론 스스로 괴롭기도 했지만 유대인들이나 외국 애들이 내 얘기를 못 알아듣겠다는 표정을 지으면 얼굴이 화끈거리고, 심장이 벌렁거렸다.

그럴 때마다 나는 이렇게 속으로 되뇌었다.

'니들은 한국말 할 줄 아냐?'

이것도 한 두 번이지...

스스로 너무도 옭아매고 괴롭혔다.

주로 그곳에서 내가 보내는 여가란 그래서 아이들과의 교제보단 운동이나 묵상 그리고 영어공부가 다였다.

그렇지 않아도 그렇게 괴로운 날들을 보내고 있는데 한 인도아이와 갈등이 커져만 갔다.

대부분 인도 아이들은 덩치가 작은데 이 녀석만큼은 내 두 배였다.

아마도 인도로 흘러 들어간 아리안 족속의 후예였지 싶다.

게다가 이곳에까지 나올 정도의 인도 애들이라면 나중에 인도에 가보니 고관이나 귀족의 자제들이었다.

그러니 이것들이 지들이 왕 인줄 안다.

당연히 인도 아이들과 유럽 애들과는 갈등의 골이 깊어지고 서로 말도 안 한다.

그런데 그 인도 애들을 유럽 애들로부터 지켜주는 친구가 있었으니 바로 그 친구이다.

우선 덩치에 서양 애들도 주눅이 들었으니까...

어쨌든 그 친구는 무소 불위의 영향력을 그 무리에서 끼치고 거들먹대며 살고 있었다.

그런데 웃긴 것은 그 친구들이 한국 사람들도 무시하더라는 것이다.

내가 말은 못 알아들어도 눈치가 있지...

무례하다라는 것이 딱 맞는 표현이다.

그러던 어느 날 이 친구가 나를 데리고 놀려고 하더라.

허허... 나이도 어린것이 ...

덩치는 조선 반 만해서..

허허... 나는 그저 기가 막혔는데...

발단은 한 한국 발렌티어에게 무례한 그의 행동을 보고 내가 짧은 영어로 몇 마디 한 것에서 비롯되었다.

그랬더니 "what? what?"하며 묘한 표정으로 나를 놀리는 것이 아닌가...

옆에 있던 인도 애들이 같이 낄낄거렸다.

자기도 혀 짧은 듯한 영어 발음으로 유럽 애들한테 비웃음사면서... (인도인들의 독특한 영어 억양이 있다)처음엔 내가 안 되는 영어로 정중히 주의를 주다가 나중엔 답답해져서 한국말로 몇 마디 했다.

나: (나지막한 목소리로)

　　야... 나, 성질 더럽다... 조심해라...

　　내가 너한테만 솔직히 고백하는 거야...

그 친구: (조롱하는 듯한 표정으로) what? what??

나: (광분하기 일보 직전에 숨을 간신히 돌리고 목소리 팍 가라앉혀서) 이런**, 싸가지 없는 **를 봤나?

참고로 해병대에서 나도 모르는 사이 몸에 익은 것이 몇 개 있는데 그 중에 하나가 적으로 하여금 혐오감을 느끼도록 만들어 버리는 목소리 운용과 상대의 기선을 제압하는 살기 어린 눈빛이 있다.

이런 것은 연습한다고 생겨나는 것이 아니라 그 상황까지 가 본

자만이 지닐 수 있는 훈장(?)과도 같은 것이다.

그래서 해병대 출신들끼리는 처음 만나는 사람일지라도 대충 서로를 알아본다.   하여튼 멱살을 잡았다.

그리고 벽 쪽으로 조용히 몰고 가 아주 살기를 느끼도록 만들어 주었다.

애가 얼굴이 하얘지더라.

그리고 말하더라.

그 친구: ... sorry... kim..

나:(그래 그거야 임마! 내 영어를 못 알아들어도 너가 sorry! 하면 되는 거야... 그럼 둘 다 happy해 지는거야...)

그러지 마라 ...알았냐...

그 놈은 한국말을 알아듣는 것 같더라...

연신 얼굴이 하얘져서 고개를 끄덕인다.

짜식, 한국말도 곧잘 알아들으면서...

그 날 이후 나는 구보 후 매일 1시간씩 하던 체력 단련을 더 열심히 하게 되었다.

목표는 군대 시절처럼 람보 갑빠다!!!

그리고 안 하던 태권도까지 하게 되었다.

품세부터 기막힌 회축(뒤돌려차기)까지... 악! 악! 거리며...

에휴...왜 그렇게 살았나 몰라...

*모양은 달라도 신세가 꼭 같구나

그 날 이후 나는 고양이가 눈에 띌 때마다 집어던지던 돌팔매를 그만두었다.

사실 여행 경비가 많지 않았던 나는 식당에서 그 날 밤에 먹을 간식을 낮에 싸와서 방에 갔다 놓았는데 매번 고양이들이 귀신같이 물고 달아나는 것이었다.
키부츠의 동물들은 정말이지 지들이 사람인 줄 알더라.
개들은 그렇다해도 고양이까지 사람 무서운 줄 모른다...

그러다 내 방을 사수하기 위해서 나는 돌팔매를 시작하였다.
물론 그 고양이들의 식사까지 챙겨주는 유럽 애들한테 걸리면 야만인 취급당할 것이 뻔하기에 주로 몰래 기습했다.
적중률은 대단하여서(하긴 내가 군대 있을 때도 특등 사수로 포상 휴가를 나왔다)이젠 고양이들이 나만 뜨면 혼비백산 삼십 육계다.
내 놀라운 적중력과 고양이들의 탁월한 기억력이 만들어낸 영화 같은 장면이다.
이유를 모르는 유럽 애들은 의아해 하고...
나만 묘한 쾌감에 젖어 들었다.

그래... 사람 무서운 줄 알아야지...

그런데 그곳에서 말이 안되어 이 설움 저 설움 다 당하다 보니 내 신세나 그 고양이들 신세나 꼭 같다는 생각이 들었다.

쟤들도 영어를 못하니까 유럽 애들한테 가서 나에 대해 하소연하고 싶어도 하소연도 못하겠구나...

참 신기하게도 그런 생각에 이르자 내 안의 비린내가 버거워졌다.

그리고 두 번 다시는 고양이들을 향해 돌을 던지지 않았다.

그런데도 그 고양이들은 내가 그곳을 떠날 때까지 나만 보면 혼비백산 삼십 육계더라...

어쩜 사람이랑 그리 꼭 같으냐...

신뢰를 회복하려고 몇 번이나 음식으로 유인했지만 그놈들은 나무 뒤에 숨어서 이렇게 나를 보는 듯 했다.

'지 버릇 개 주냐??? 다 안다 임마!!! 너가 지난 번 던진 돌에 머리 깨져서 아직까지 마이싱 먹고 있어. 임마!'

하는 수 없이 그 음식들은 내가 다 먹어치웠다.

맛나더라...

*이념과 이데올로기의 강을 넘어 인류로서의 삶에 대하여

어느 날인가는 나사렛으로 순례를 갔다.

예수님께서 공생애 전에 30여 년의 세월을 보내신 곳,

나사렛...

중동 최대 규모의 교회라는 성모 수태 고지 교회와 주님께서 이

사야서를 낭독하고 스스로 메시야임을 말씀하셨던 시나고그(유대교 회당) 그리고 청년 예수 기념 교회와 마리아의 우물이 있다는 가브리엘 교회 등등 …

그곳은 오히려 역사적 유물보다는 훗날 사람들이 세운 기념교회가 많은 곳이었다.

아무리 큰 도시라 할지라도 서울의 한 구 정도도 안 되는 크기라 충분히 돌아볼 수 있는 이스라엘의 도시들…

특별히 나사렛은 기독교인들이 여타지역보다 많은 곳으로 도시 인구의 절반을 차지하고 있었다.

그러나 내게 그곳이 각별한 이유는 그 곳에서 돌아오다 히치한 차의 주인이었던 사미르와의 만남 때문이다.

한참 시국이 시국인지라 나는(또다시 비굴해져서) 유대인의 칭찬에(침을 튀겨가며) 안 되는 영어로 열심을 다하고 있었다.

또 다시 등장한 이스라엘의 독립과 중동전쟁(이 두 가지 분야는 꽤 정확한 영어를 구사할 정도로 히치때마다 써먹고 있었다. 헤헤)에 대한 이야기가 거의 끝날 무렵 사미르가 말했다.

사미르: 그래도 유대인의 행동들은 정당화 될 수 없다…

나: (허걱!!!)

꽤 날카로운 눈매를 지닌 사미르는 나중에 알고 보니 팔레스타인의 지식층에 속하는 사람으로 그 무엇보다 유대인들의 무례함에 대해 자세히 나에게 설명해주었다.

어쩌겠는가?
이미 엎질러진 물...

훗날 알게 된 사실이지만 이스라엘은 차량 번호판만으로도 팔레
스타인을 구분할 수가 있었다.
즉 관공서 차량(경찰 군인 등)과 유대인 차량, 이스라엘로 귀하
한 팔레스타인계 유대인 차량 그리고 팔레스타인 차량...
물론 나는 그 날 이후 그런 실수를 하지 않았다.

그런 연유로 그 날도 그와 나는 오는 동안에 몇 번씩이나 유대
경찰들의 무례한 검문을 받아야 했다.
그는 익숙해져서인지 순순히 검문에 응했다.
나는 그들의 검문 방식에 이미 한번 광분해 본적이 있는 사람인
지라 어느덧 내 이야기의 주제는 인류로서의 상호 존중과 상생으
로 바뀌어 있었다.
내 삶이 정말 비굴 모드여서가 아니라 나의(어찌 보면 무례했을)
유대인 자랑에도 의식 있게 들어주고, 다시 설명해주던 그의 인
격에 대한 존경에서다.

그랬더니 의외로 그는 많은 것을 나에게 알려준다.
나도 신이나서 내가 만난 참 좋은 팔레스타인 사람들에 대한 기
억을 알려 주었다.
그러고 나니 이젠 아주 그가 침까지 튀겨가며 내게 강연을 한다.

그도 영어가 그리 유창한 편은 아닌지라 나는 제법 그의 말의 주

제를 정확히 알아들었다.

그는 이스라엘이 독립한 1948년 이후 이스라엘에서의 유혈 사태는 엄밀히 말하면 유대인들의 무례함에서 기인한다고 말했다.

유대인들이 어느 날 미국을 앞세워 팔레스타인의 평화로운 땅에 들어와 원래 원주민이었던 자신들을 국제적인 고아로 만들고 있다고 하였다.

그리고 그에 항거하는 팔레스타인의 독립 투사들을 테러리스트로 규정하며 무차별한 살인을 감행한다고 하였다.

더욱 그가 흥분하며 이야기했던 것은 이것을 마치 서구의 기독교 문명과 이슬람 문명의 종교적인 이념이나 이데올로기 대립으로 규정하는 서방언론들의 태도였다.

이것은 종교나 이념 등의 문제가 아닌 생존...

말 그대로 자신들의 생존에 관한 문제라는 것이다.

어느 날 자신들의 삶의 터전에 불쑥 들어와서 독립을 선포하고 그곳에 거주하였던 팔레스타인 사람들에 대해 인종 청소라도 하려는 듯 밖으로 내모는 이스라엘과 서구 열강들을 이해할 수 없다는 것이다.

그리고 그들이 그에 대한 답으로 내놓는, 수 천년 전에 아브라함이 약속 받았던 땅이므로 유대인들의 것이라 말하는데는 무리가 있다는 것이다.

왜냐하면 자신들도 아브라함의 후손이므로...

그리고 그는 오래 전부터 자신과 가족들의 터전이었던 이곳에서 이 천년이 지난 지금에야 미국과 유대인들의 무력 앞에 힘없이 밀려나고 쫓겨나야 한다는 사실에 절망했다.

그의 말을 들어보니 십분 이해가 된다.

일제 시대 우리나라의 독립 투사들과 무엇이 다른가...

헤이그에서 억울함을 만방에 알리려고 자결한 이준 열사나 하얼빈에서 폭탄을 가슴에 품고 이등박문에게 나아간 안중근 의사나 무폭력으로 만세를 외치다 쓰러진 우리 선조들과 이들의 입장이 무엇이 다르단 말인가?

서문에 이야기했듯 인류의 구성원으로서의 상호 존중할 의무와 타인으로부터 존중받을 권리에 관한 신념은 사미르와의 만남 이후 보다 분명히 정리되었다.

키부츠에 돌아와 나의 이야기를 들은 한국 사람들은 우선 팔레스타인과의 만남에 관해 부정적이었다.

그러나 나는 그들의 염려에 아랑곳하지 않고 사미르의 집에 그뒤 몇 번이나 초대되어 방문하였다.

그곳은 팔레스타인 정착촌이라 유대인들은 못 들어간다.

마찬가지로 나를 데리러 온 사미르는 키부츠에 못 들어오고 온갖 경계의 눈초리를 받으며 정문 앞에서 나를 기다려주었다.

그와 그의 사랑스런 아내 그리고 정말이지 인형처럼 예뻤던 그의 두 딸과 즐거운 기억이 많아질 무렵 나는 마오츠 하임을 떠나게 되었다.

키부츠를 떠나기 바로 전날, 나는 키부츠의 한국사람들과 그 집을 방문하였다.

그리고 한국 요리를 대접해 주었다.

그는 우리들에게 팔레스타인의 생활상과 문화 등에 대해 그 마을을 구경 시켜주며 자상하게 알려 주었었다.

아직도 나는 사미르의 지적인 그 눈빛을 잊을 수가 없다.

조국에 대해 그리고 무기력한 스스로에게 절망하는 지식인의 고뇌가 담겨있던 그 눈빛...

그 눈빛에는 이념과 이데올로기의 대립에 지친 그러나 보다 나은 인류로서의 삶에 대한, 한 식민지 지성의 소박한 꿈이 담겨져 있었다.

*휴머니즘으로서의 인간 이해

어찌 보면 사미르와의 만남 역시 여호와 이레였다.

그와의 만남 이후 신학교 이후 늘 내 뇌리 속을 맴돌던 인류애라고 하는 것이 실재로서 내 일상에 느껴졌고, 그것은 지난 내 여행의 화두가 됨으로써 더욱 확장되어 갔다.

결론부터 말하자면 나는 지난 여행 이후 신학생들의 가장 안 좋은 특징으로 꼽히는 극단적인 그리고 지극히 이분법적인 가치 결정과 논리로부터 자유해질 수 있었다.

그리고 더 이상 어설픈 잣대로 타인을 정죄하지 않을 수 있게 되었다.

그것을 가능케 한 하나의 이유가 있었는데 그것은 인류가 한 형제라는 확신이었다.

한국에 있을 때는 사실 외국인들의 인종별 얼굴 구분이 쉽지 않았다.
그러나 여행을 다니다보니 그들의 생김새로 대충 그들의 나라를
맞출 수 있겠더라.
이것보다 더 놀라운 사실은 한국에 있을 때는 적어도 중국사람과
영국사람을 구분할 수가 있었는데 내 유라시아 대륙의 육로횡단
여정에서는 그것이 불가능하였다.

다시 말하면 영국서 프랑스로 건너올 때 그들의 생김새는 별 차
이가 없었다.
마찬가지로 그런 식으로 그리스에서 터키로 넘어갈 때 역시 그랬다.
터키는 이슬람이었는데도 말이다.
그렇게 파키스탄에서 인도로 건너 올 때도,
태국에서 또 중국까지…
국경지점이 가까울수록 그들의 생김새는 나라간 차이가 없었던
것이다. 다만 삶들만 뒤채였다.

물론 이 견해는 순전히 내 주관적인 견해다.
그러나 귀국 후에 우연히 보게된 영국 BBC 방송에서인가 방영
한 인류의 기원을 밝히려는 문화 인류학자들의 연구에 관한 다큐
멘터리를 본적이 있는데 그들의 견해는 이것이었다.

우선 인류의 기원은 동부 아프리카 그러니까 지금의 이집트 근방
이었다고 한다.
그리고 그곳에서 3가지의 인종이 전 세계로 흩어져 현재의 인류
를 구성하였다고 추정한다.

한 인종은 지중해 너머 유럽으로, 또 다른 인종은 그곳에 남아 아프리카로 그리고 당시 아시아로 흘러간 인종은, 당시에는 아시아와 아메리카 사이의 베링 해협이 육로였다고 한다, 아메리카까지 흘러갔다고 한다.

이것이 전문 용어로 니그로이드(아프리카 정착민), 코카서스로이드(유럽 이주민) 그리고 몽골로이드(아시아 및 아메리카 이주민)라고 한다는 것이다.

순간 나는 온 몸에 전율이 확 일었다.

노아의 세 자손 이야기가 갑자기 떠올랐기 때문이다.(창9:18-29)
술 취한 아비의 벌거벗은 아래를 보고 비웃어 저주를 받은 가나안의 아비 함과 그것을 어려워하며 뒤로 다가가 옷으로 가려주어 축복을 받은 야벳 그리고 셈 이야기 말이다.

아!!!
함이 그러니까 니그로이드로 야벳은 코카서스로이드로 그리고 셈은 몽골로이드로 명칭만 달리하여져 불려지고 있었구나 란 생각들...

아직도 그 날 거실에 누워 있다 우연찮게 보게된 그 다큐멘터리에 놀란 그 순간들의 전율이 잊혀지지 않을 정도로 그것은 충격적인 일이었다.

어찌되었든 나는 지난 여행으로 우리 모두가 인종과 국가를 초월하여 인류의 한 구성원으로서 책임과 의무 그리고 권리를 누리며 살아가길 원하는 휴머니스트가 되어 돌아왔다.

여행을 하다보니 선진국과 후진국의 가장 두드러진 특징은 이것에 대한 시민들의 자각이 있느냐 또는 없느냐로 구분되더라.

물론 귀국해 살다보니 그것은 정말이지 싶지 않은 일이었다.

그러나 그래야 한다.

왜냐하면 이전엔 우리는 한 형제였고, 지금도 여전히 한 형제이고 앞으로도 한 형제여만 하기 때문이다.

간혹 일상에서 접하는 국가 간 전쟁 혹은 한 국가 내 이념, 종교 그리고 이데올로기의 대립으로 인한 국지적인 전쟁의 소식을 보고 듣는다.

맘이 아프다.

솔직히 나는 폭력에 대해 무조건적인 혐오감을 가지고 있다.

그것은 한 사람의 인격을 철저히 파괴시킨다.

사람과 사람사이에서는 있어서는 안 되는 일이다.

(그래서 나는 군 생활동안에서 후임들에게 욕 한번, 손 한번 대지 않았었다. 물론 내 친한 친구들은 믿지 않고 있다(?). 분명 쉽지 않은 일이었으나 나는 그러하였다)

내 사고의 틀에서는 폭력은 어떠한 상황이던 간에 용납될 수 있는 성질의 것이 아닌 것이다.

다만 이해되는 경우가 있다고 하면 그것은 외부의 적으로부터 내 가족을 지킬 때뿐이다.

그래서 나는 남성들에게 혹은 여성들에게 어느 정도의 물리적, 정신적 힘을 지니라고 권한다.

그것 역시 세월이 지날수록 서로에게 깊은 상처를 남기기는 마찬가지지만 말이다.

여행 종반에 깨달은 이러한 확신으로 나는 바가지를 씌우려는 현지 상인들과 더 이상 언성을 높여 싸우지 않았다.

그들에겐 다만 그들이 부양해야 할 가족들이 있기 때문이라는 연민이 들었다. 다만 인류로서의 나의 기본권 즉 존중받을 권리가 무시되었을 때 나는 참지 않았다.

그런데 돌이켜보니 모든 대립과 전쟁이 바로 이러한 주관적인 판단들에 의해 일어나는 것 같더라.

그러니까 문제는 모두들 자신과 자신들의 삶에 위협이라 생각되는 부분들이 너무 다르고 또 다양하다는 것이다.

내가 생각하기엔 하나의 통합된 가치관에 의해 움직여지는 세상이 올 때야 비로소 이런 인류의 탄생이 가능할 것이란 생각이다.

성경은 그러한 면에서 인류에게 주신 하나님의 축복이란 생각이 드는 것이다.

* 셈족... 그 중에서도 지독한 한민족에 관한 몇 가지 에피소드

이왕 말이 나왔으니까 하는 말인데 개인적으로 부탁하기로는 지금부터 쓰는 이 글을 절대 오해 없이 읽어 주었으면 한다.

내가 여행한, 지구 인구의 2/3 가 살고있다는, 북반구는 선진국들이 밀집되어 있다.

그런데 나도 놀란 것은 우리나라의 생활수준이 유럽 대부분 나라의 생활수준보다 좋더라는 것이다.

물론 경제대국 10위안에 들고 OECD에도 가입한 나라라는 것도 알았지만 우리가 너무 서구사회에 대한 동경이 있어서일까 나는 실제로 그러하리라고는 생각하지 못했다.

그런데 정말 우리나라 잘 살더라.

더 주목할 것은 내가 다녀온 정말 힘든 아시아 나라들의 모습이

우리나라가 불과 50년 전의 모습이라는 것이다.

이건 기적이다.

한국전 참전용사들이 우리나라를 다시 찾고 놀라는 일이 어찌 보면 당연하다.

이것을 가능케 한 저력이 무엇일까...

나는 외국에 나가서야 그 저력의 실체를 알게 되었다.

그것은 바로 꿈 또는 소망에 대한 열정이다.

그리고 인내이다.

이것은 지독함으로 곧잘 표현되곤 하는데 사실 난 우리 민족을 이해하는데 이만한 키워드가 없다고 본다.

한국사람 정말 지독하다.(＾＾)

세상에서 가장 지독하다는 유태인 밑에서 여행경비 벌고있던 한국 배낭족들...
정말 독하다.
그곳에서 철이 다 든다.
누가 상상이나 하겠는가?
여행간 곳에서 돈벌어 여행 다니는 것을...

그리고 인도의 갠지스강 바라나시 화장터에서 만난 인도인이 말하더라, 사람 타 들어가는 것을 보려고 일부러 그 위험한 밤에 (참고로 그곳은 빈민촌이 형성된 지역으로 우범지역이다) 오는 애들은 유대인과 한국 애들 외엔 없다고 ...
그런데 불꺼지고 뼈 모을 때까지 남아있는 애들은 한국 애들뿐이라고...
특히 여성에 대한 접촉이 엄격한 중동이나 불량자가 많은 인도에서는 외국여자들한테 치한이 달려들어 몹쓸 짓을 한다.
그런데 그 순간에도 한국여자들은 구분해내기는 쉽단다.
서양 애들은 민첩하게 소리를 지르고 도망간다고 한다.
그리고 동양(특히 일본) 여자들은 그런 순간 대부분 주저앉아 엉엉 운다는 것이다.
그런데 오직 한국여자 애들한테는 "찰싹" 소리가 난다는 것이다.

치한에게 달려들어 순식간에 치한 귀싸대기 한방 날리고는 맞짱 뜰 채비를 한다는 것이다.
그 말을 듣고 처음에는 비교가 너무 재밌어서 한참을 웃었는데 그 뒷말이 내 맘을 찡~하게 했다.

적어도 자기 뒤에 배낭에 태극기 붙이고 그곳으로 여행 올 한국 여자들을 위해서란다...

아...
정말 자랑스런 대한의 딸들 아닌가?
그 말을 듣고 난 후 나는 세상에서 가장 아름다운 여자를 묻는 친구들의 짓궂은 농담에 한국여자들을 꼽는데 주저하지 않는다.

'얼굴만 예쁘다고 여~자냐???' 마음이 고와야 여자~지~ 잉!!!

그리고 이건 정말 극비로 내려오는 전설이다.
그러나 인도 캘커타에서 현지인들 사이에서는 이미 잘 알려진 애기란다.
마더 테레사 수녀님 덕분으로 각 종파의 성직자뿐만 아니라 일반 신도들의 훈련 혹은 명상 코스로 유명해진 그곳에 한 한국 스님이 명상하러 오셨단다.

열심히 수도중이시던 이 스님이 시내에 나갔다가 그곳의 현지 불량배 7명에게 둘러 쌓였단다.
그리고 금품을 빼앗으려는 무례한 이들에게 맨 처음에는 조용히 웃으시며 타이르시다가 불량배 한 놈에게 선방을 내 주셨단다.
그런데 이 스님 바로 그 다음
목 뒤에서 수퍼맨처럼 빨간 망토가 나오더니 우주소년 아톰처럼 발에서 불 뿜으며 불량배들 위로 날라 다니시더라는 것이다.
그 날 불량배 전원이 코뼈가 부러지고 피범벅이 된 채로 도로 위에서 깊은 명상에 빠져들었다는 이야기다.

정말 놀랍지 않은가?

득도하러 외국까지 나간 스님마저 불의한 이들에게 몸소 보여주
신 한민족의 저력이...

또한 요사이도 미국인들에게 회자되고 있다는 LA 흑인폭동 때
그곳에 있던 한국 해병대 출신들이 보여준 옥상에서 기관총을 들
고 머리에 빨간 띠 두르고 사주 경계를 하였던 일...

이것은 미국 여행자에게 들었는데 정말 놀라운 것은 그들이 들고
있던 중무장이 장난감이었단다...

(하긴 생활도 어려울 때였는데 일반 총도 아닌 중무장을 어디에
쓰려고 사겠는가?)

정말 눈물겹도록 대단한 민족 아닌가?

자신의 생활과 가족을 지키려 장난감 총에 목숨을 걸고 옥상에서
보초를 섰다는 것이...

이 외에도 내가 직접 본 몇 가지가 더 있는데 차마 못하겠다.

미성년자 관람 불가도 많고 폭력성도 짙은 내용들이라 말이다.

아무튼 배고픈 배낭족 신세에 스스로 처량하고 고달플 때쯤마다
듣게되는 한민족이 세계 곳곳에 흘리고 간 전설들은 내게 얼마나
큰 위로와 힘이 되었는지 모른다.

그래서 다짐하였다.

내 뒤로 오는 한국사람들을 위해서라도 나도 보다 당차게 여행해
야겠다고 말이다.

그 다짐 덕분이었는지 나는 지난 여행동안 이스라엘에 두 개...
요르단에서 한 개, 인도에서 한 개 그리고 태국과 베트남에서 각
각 한 개씩 주옥같은 전설을 흘려놓고 왔다.

아...
나는 정말이지 우아한 휴머니스트로 여행하고 싶었었는데...
아 글쎄, 내 이후에 올 한국 배낭 족들이 아른거렸다니까....

제 3장
"비아 돌로로사"

*나 어젯밤에 잘 때 한 꿈을 꾸었네...

하나님께서는 기독교인들의 입술에 권세를 주셨다고 한다.
그래서 기독교인들은 남들을 축복하는 것과 범사에 감사하는 것
이 중요하다.
하다 못해 내 입술을 통해 나오는 노래에도 민감하게 반응하시는
주님인 것 같다.

예전에 임마누엘 교회에서 사역할 때 대 예배 시 솔리스트가 나
와 특송을 하는 순서가 있었다.
(참고로 임마누엘 교회의 김국도 목사님의 목회원리 중 두드러진
것은 찬양을 무지 중시하신다는 것이다. 그래서 예배 때마다 항
상 수준 있는 솔리스트들의 주옥같은 성가를 들을 수 있었다)

어느 주일인가는 한 테너 솔리스트가 나왔었는데 나는 그만 그에
게 매혹 당했다.
아니 나 뿐만이 아니라 모든 성도들이 그러하였다.
외모는 볼품 없어 보였던 그가 온 성도들을 매혹시켰던 노래가
바로 '거룩한 성'이다.

즉, 예루살렘성에 대한 묵상을 노래한 것이다.
나는 그가 드라마틱 테너가 아니었을까 지금에야 어렴풋이 추정
하지만 그 테너는 정말이지 내게 큰 도전을 주었다.
"나 어젯밤에 잘 때 한 꿈을 꾸었네...
그 옛날 예루살렘 성의 곁에 섰더니...

허다한 아이들이 그 묘한 소리로 주 찬미하는 소리 참 청아하도 다..."

이렇게 시작되었던 노래가 종반에 접어들수록 더욱 드라마틱해 져 나는 그의 열정적인 목소리에 빠져들고 말았다.
노래가 끝난 후에도 나는 그가 남긴 여운에서 좀처럼 헤어 나오 지 못했다.

그리고 나는 다짐을 하였다.

'저 찬양으로 언젠가 나도 꼭 영광 돌리리라, 솔로로...'
그 곡은 흔히 대곡으로 분류될 정도로 어려운 곡이었다.
(그러나 나는 그걸 몰랐었다)

그 날 예배 후 나는 그 곡의 곡명을 알아내고 내친김에 그 곡의 악보까지 구하였다.
그리고 오가는 버스에서 계속 흥얼거렸다.
진짜 길더라...

그리고 6개월 뒤 나는 내가 다니는 신학교 채플시간에 특송 신청 을 했다.
내가 짱이었던 문학 동아리 '맑은 샘' 이름으로 ...
(참고로 이 동아리는 내가 대학 2학년초에 만들었던 것인데 군 입대 후 사라져 버리더라...
제대 후 나는 이 동아리를 신학대학 유일한 불멸의 문학 동아리로 선포하고 애들을 모았으나 애들은 토플 준비에 열을 올리더라... 내가 짱이자 유일한 회원인 셈이었다. 슬펐다 ㅠㅠㅠ)
동기들이 무지 말리더라.

사악한 동기들: 야, 그 순서는 동아리 애들이 떼거지로 나가서해도 목소리가 잘 안 들리는데 니가 무슨 파바로티냐?

성령 충만했던 나 : 사단아 내 뒤로 물러서라!!!

나는 한달 간 중간 고사도 잊고(잊으려하니 진짜 잊혀지더라.ㅠㅠㅠ 좀 더 솔직해지자면 늘 그랬었던 것 같다.) 당일 날 아침 9시부터 시작된 문과대, 이과대 그리고 음대가 있는(미쳤지!!! 미쳤어...) 예.체대까지 계속 특송을 하고 신학 대학까지 하고 말았다. 장난기 있는 동기들은 내가 단에 서자마자 키득거렸지만
나는 속으로 생각했다.

'니들이 은혜를 아느뇨?
나도 남사스러워 ...근데 어찌하겠냐?
내 마음이 그 옛날 예레미야처럼 뜨거워져서 내 받은 은혜를 전하지 않고는 견딜 수가 없는데...'

특송 후에 예배당 분위기는 사뭇 숙연해졌다.
마치 내가 처음 그 곡을 들었을 때의 그런 분위기...

'그래...부디 너희들도 각 교회로 가서 이 감동을 꼭 전해다오'

114

심령 부흥회 기간이었는데 초빙된 외부 강사님께도(소화춘 감독님. 충주 제일교회. 이 분은 대학교 2학년 때 개인적으로 참여한 부흥회에서 크게 은혜 받았던 적이 있는 저명한 부흥 강사님이시다) 집회 후 개인적으로 큰 격려를 받기에 이르렀다.

이렇게 그 곡을 들은 지 6개월만에 그 곡을 사모하여 특송을 하였던 나는 또 다시 정확히 6개월 뒤에 내가 노래하던 그 거룩한 성 '예루살렘'에 서 있게 되었다.

그 뒤 나는 설교할 때마다 종종 이렇게 말하곤 한다.
무슨 말을 하느냐 뿐만 아니라 무의식중에 흥얼거리게 되는 노래조차도 그 삶의 운명을 바꾼다고...

타향살이를 무지 좋아하셨다는 모 대통령은 결국 타향에서 생을 마쳐야 했고, 승가를 무지 좋아했다는 모 대통령은 결국 산사에서 오랜 시간을 보내야했다는 어느 부흥 강사님의 말씀을 인용하면서

"봐라... 내가 그렇게 예루살렘~, 예루살렘~ 하고 노래 부르니까 보내주시잖아? ^^"
찬양은 곡조 있는 기도라고 말이다.

귀국한 후 내가 쓴 비아 돌로로사라는 시를 각색한 '오페레타-비아 돌로로사'를 지금 사역하고 있는 광림교회에서 내가 담당한 청년들과 함께 공연했었던 적이 있다.
그 오페레타의 서곡이 바로 '거룩한 성'이었는데 곡이 어려워 나

와 함께 할 소프라노 구하기가 힘들었다.

결국 그때 한 자매랑 듀엣으로 하였는데 겸손히 사양하던 그 자매를 설득할 때 내가 써먹은 간증이 바로 이것이다.

"세진 자매...

당신도 이 곡 부르면 예루살렘 가는 거야. 그냥...나처럼..."

그 자매...

꼭 예루살렘 가야 하는데...

근심이 막심하다.

*하나님은 실수하지 않으신다네

위와 유사한 간증이 하나 더 있다.

텔아비브에서 본격적으로 여행경비를 벌기 시작할 때 참 스스로 기막히다는 생각이 많이 들었다.

건축 현장에서 하루 종일 일하는 것쯤은(일명 막노동이라고 하지...) 견딜 수 있었는데 하루 18시간씩 설거지를 해야 했던 날은 정말이지 슬퍼지더라.

우리 어머니, 우리 아들 크게 되라고(옛날 분들이 다 그러하시듯) 주방에 한번 안 들여보내고 다 키워놓으셨는데 ...

에궁~ 다 커서 웬 종일 설거지를 하게 될 줄이야...

뭐 이런 생각이 들자 스스로 너무 처량하게 느껴지곤 했었다.

그러던 어느 날 우리 아버지 18번이었던 '타향살이'라고 하는 예전 유행가가 퍽 스쳤다.

지금도 그렇지만 나는 유행가를 잘 모른다.

더구나 옛날 노래는 더욱 모른다.

그런데 그 노래가 떠오르다니...

이상한 일이었다.

훗날 생각해보니 우리 아버지께서 약주 한 잔하시면 꼭 부르시던 그 노래가 무의식중에 내게 각인되었던 것 같다.

아침 일찍 시작된 일이 끝나게되는 깊은 밤이 되면 나는 디젠고프 광장으로 나가 지중해를 바라보며 벤치에 앉아, 이 생각 저 생각하며 자주 흥얼거렸는데 특히 2절에

"부평같은 내 신세가 혼자도 기막혀서...

창을 열고 내다보니 밤하늘 저편..."

이라는 부분에서는 나도 모르는 사이 서러워지곤 하였다.

그러던 어느 날 이 노래를 더 이상 부르지 않으리라 다짐했던 일이 생겼다.

보통 그곳에서의 일은 오전 5시에 일어나 호스텔 카운터에 워커 지원을 하는 것으로 시작되었다.

그러면 지원한 순서에 따라 보통 1시간정도 기다리면 6시쯤엔 잡부를 구하러 유대인들이 온다.

그리면 보통 오후 4시쯤엔 일을 마친다.

그런데도 독한 한국 애들은 오후 6시부터 밤 12시쯤까지 설거지를 나간다.

그래야 만질 수 있는 돈이 숙식비 제외하고 7만원정도 되니까...

물론 나도 하루 두 번을 일했다.

그런데 정말 하기싫은 설거지를 하루 웬 종일 하는 날이 많아졌다.
경기가 안 좋아져 건축일거리가 많이 줄어들었기 때문이다.
설거지를 하며 속으로 탄식하기를
'내게 차라리 막일을 다오...'

그러던 어느 날 건축 일이 생겨서 하루 웬 종일 기계를 타고 4층
건물의 페인트를 벗기는 작업을 했다.
참 기분 좋더라.
그런데 기계가 불안해서인지 몇 번이나 기계가 넘어가려고 하는
것이다.
불안을 느낀 나는 아래에 있는 유대인에게 몇 번을 체크를 부탁
했으나 그 유대인은 계속 딴청만 피운다.
결국 밑의 접지면적이 좁았던 그 4바퀴 기계는 움직이던 와중에
몇 번 크게 휘청거리고 나는 4층에서 깜짝 깜짝 놀라는 일이 잦
아졌다.

'에이... 애**가 ... 내가 이국 땅에서 막노동하다 죽어야 하겠어?
이건 순교도 아니야... 순전히 내 경제를 위하다 죽는 거니까...'

그러면서도 만일의 사태를 대비해 기계가 쓰러지면 어디를 잡아
야 할까 등을 고심하며 일을 하였다.
옆에 전신주까지는 좀 멀고 그렇다고 전선을 잡으면 혹시 더 비
참한 감전사???

118

(순간 고압선에 손이 닿아 그만 새까맣게 탄 사람이 나오는 전기 안전에 관한 홍보만화가 떠올랐다)

그렇게 겨우 일을 마치고 오후 4시쯤 되었는데 기분이 참 좋더라.
근데 이 유대인이 지갑을 안 가지고 나왔다며 잠시 기다리란다..
그래서 나는 디젠고프 광장의 분수대 옆에서 그를 기다리고 있었다.

쪽빛보다 푸른 지중해...
평화로와 보이는 비둘기에 묻혀 노니는 엄마와 아이
그리고 애절하게 바이올린을 켜는 거리의 악사...
무엇보다 따사로운 햇살...

갑자기 친구들이 보고 싶고,
집에 가고 싶어지고, 닭갈비가 먹고 싶어졌다.
그래서 다시 처량하게
'타향살이' 를(추임새까지 넣어가며) 서글프게 흥얼거렸다.

그런데...
그런데...
그 싸가지 없던 유대인...
결국 안 오더라...
3시간을 기다려도 어둠만 다가올 뿐 그 놈은 안 오더라.

그 순간 내 안의 살기가 몇번인가 치받고 오르다가 소멸 되었었다.
파도 소리가 날카로웠다.

무섭도록 집중된 그 살기는 한동안 파도처럼 내 안을 흘러다녔다.

아...
그 누가 생각이나 했을까...
유대인이 아무리 독하다한들
배낭족의 코 묻은 돈까지 떼먹을 줄을...
불법으로 일하였던 세월인지라 어디에 하소연할 곳도 없다.
내가 더 화가 났던 것은 그 날일이 매우 위험했었고 그 놈은 내 안전에는 관심도 없이 밑에서 얄라! 얄라!(빨리! 빨리!)만을 외쳐 댔다는 사실이다.

그제야 모든 상황을 이해하게 된 나는 흥분을 가라앉히며 늘 그 랬듯 품속에서 종이를 꺼내니 시 한편이 순식간에 쓰여지더라.

닭갈비 예찬
-이스라엘 디젠고프 광장에서-

허허로운 세월로 마실을 간다.
새벽부터 기다린 우리의 일터는
'백학'을 연주하는 거리의 악사의
노래를 타고 지중해의 해로 떠올랐으니

오늘 우리의 할 일은 이곳에 앉아
소소한 일상을 바라보는 것.
분수처럼 뿜어져 나오는 여행에의 열정은
차라리 비둘기의 몫

오늘은 우리 느긋하게 눈감고
지난 세월로 마실을 가보자

이국에 나와 내 나라 귀한 줄 알았다는
네 얘기를 들어 볼까나
아니면 여태껏 한국사람 만나면 눈물먼저 고이는
내 얘기를 들어볼래
그도 아니면 우리 이 따사로운 태양을 따라
먼 여행을 떠나자

너는 나일을 꿈꾼다 그랬지만
나는 아프리카를 꿈꾼다 그랬었지만

사실 난 집 떠나 예까지 오면서
닭갈비만 생각이 난다.

난 닭갈비만 생각이 난다...

시름거리며 앓던 희미한
그 전등 아래서
구슬치기 시절부터 푸른 제복을 벗던
그 세월까지
한 순간도 내 세월과 떨어진 적 없었던
내 소중한 사람들과 사랑들...

왜 우린 만났던 그 세월마다
닭갈비만을 사 먹었던 것일까
지글대던 부대찌개도 괜찮았을 테고
삼겹살의 그 냄새도 제법 운치 있었을 터인데
왜 우린 만났던 그 세월마다
닭갈비만을 사 먹었던 것일까
난 아직도 그 이유를 알지 못한다.

내 아는 것이라곤
나 먹은 것 닭갈비만이 아니었다는 사실
짓궂게 화장실 다녀온 사이
그 세월만큼이나 싱그럽던 상추에
마늘만 덥석 싸서 내 입에 넣어줬던
네 녀석들의 익살도

생존권 침해 말라며
숟가락으로 국경선을 멋대로 그려놓던
네 녀석들의 그 운치도

냄새가 메워나는 눈물이라며 굳이 부인했던
네 녀석들의 그 암담했던 가능성의 세월도
함께 즐겼다는 것

나 지금 여행을 위해
이국 땅에서 하루하루 막일로
몇 푼의 달러를 모으고 있지만

이 달러로도 사먹지 못하는
그 닭갈비 맛 때문에
난 이곳에까지 닭갈비만 그립다.
징그러운 네 놈들이 아니라
정말이지 그 닭갈비만 그립다.

그 날 힘없이 숙소로 들어온 나는 다시 설거지를 나갔다.

사실 그 날은 내 생일이어서 저녁엔 쉬면서 조용히 해변을 따라 산책하고 어머니께 전화로 안부를 여쭐 생각이었으나 그러지 못했다.

나는 그 지저분하고 어수선했던 숙소(6인용이었는데 모두 장기 투숙자들이라 엉망진창이었다)가 싫었다.

빨리 돈을 모아 떠나야 했다.

그 날 설거지를 하는데 정말이지 만가지 생각이 다 들더라.

그러다 문득 떠오른 찬양이 바로 '하나님은 실수하지 않으신다네' 라는 찬양이었다.

원래 내 18번(?) 찬양이었는데 왜 이제야 떠올랐던 것일까?

스스로 의아해하며 흥얼거리기 시작했다.

그랬더니 맘에 평안과 기쁨이 가득 차 오기 시작한다.

"내가 걷는 이 길이 혹 굽어 도는 수가 있어도 내 심장이 울렁이고 가슴 아파도... 나 여전히 인도하시는 주님을 신뢰하는 까닭은 하나님은 실수하지 않으심일세..."

이렇게 시작되는 찬양이 미처 끝나기도 전에 두 눈에 기쁨의 눈물이 흐른다.

하나님은 실수하지 않으신다네...

하나님은 실수하지 않으신다네...

이후 나는 두 번 다시 '타향살이'란 노래를 부르지 않게 되었다.

실수하지 않으시는 하나님께서는 내가 어디에 있든지 무엇을 하든지 여전히 내 삶에 실수하지 않으실 것이란 사실이 마음으로 믿어졌기 때문이다.

*예루살렘... 아, 예루살렘...

기독교인으로서 내게 어쩜 평생 감격해야 할 하나님의 축복은 뭐니 뭐니해도 예루살렘에서 일할 수 있게 해주신 것이다.
텔아비브의 디젠고프에서 블랙잡(불법취업. 참 감사하게도 당시 이스라엘의 궂은 일들을 도맡았던 팔레스타인들이 유대인들에 의해 자신들의 정착촌에서 나오는 것을 저지 당하자, 당장 일꾼들이 필요한 이스라엘은 이러한 블랙 잡(불법 취업)에 관해 일절 단속을 하지 않았다.
원래는 이민국 경찰들에게 발각되어 많은 벌금을 물고 추방당한다고 하니 이 부분도 참 감사한 일이다)을 할 때에도 기도하기로는 이왕 일하는 것 예루살렘에서 일할 수 있기를 구했다.

당시 중동의 화약고라 불리던 이스라엘의 뇌관 격이었던 예루살렘은 당시는 외국인들은 잘 들어가지 않았다.
다만 성지순례 온 한국 사람들만(앞서 언급했지만 정말 대단한 민족 아닌가?) 간간이 그곳을 들를 뿐이다.
그러던 어느 날 그곳의 한국인 식당에서 사람을 구한다는 소식을 듣고 바로 연락을 취해 그 곳으로 향했다.

먼저 면접을 봐야한다고 주인 분이 말씀하셨지만 운영하시는 분이 목사님이셨고, 나도 내내 기도하였으니 마음에 담대함도 생겨 아예 짐을 싸서 그 징그러웠던 호스텔을 떠났다.

역시나 히치로 예루살렘으로 가는데 그 모든 어려움도 오히려 기쁨이더라.
해발 800미터나 되는 예루살렘에 차를 세 번이나 갈아타면서 도착한 순간 아... 나는 정말이지...
그 땅에 입맞추고 감격에 겨워 어찌할 바를 모르겠더라.

예루살렘은 묘한 영적인 기운이 흘렀다.
세계 3대 종교의 성지(유대교, 기독교, 이슬람교)인 그곳 예루살렘...
나는 형용할 수 없는 신비한 감동에 젖고 말았다.
(훗날 나는 면접 보러 온 날 잠시 들려 기도하였던 광림교회(서울 강남구 압구정소재, 담임목사 김정석) 예배당에서도 동일한 체험을 하고 무척 놀랐다.
뭐라고 할까?
정확히 얘기하자면 하나님의 임재가 느껴지는 …
하나님의 간섭하심과 역사하심이 느껴지는 그러한 느낌들…
그러한 까닭에 다른 여러 이유도 많지만 나는 우리 교회를 사랑한다)

그토록 연습하였던 '거룩한 성'에 나오던 가사들이 눈앞에 펼쳐지고 주님의 숨결이 고스란히 내게로 전해졌다.

물론 그 날 면접은 사장님의 따스한 환영으로 끝나고 나는 다음날부터 그곳의 한국식당인 코리아 하우스에서 일하게 되었다.
노래가 바뀌면 삶도 바뀌는 것 정말이더라.
하나님은 실수하지 않으시더라.

* 비아 돌로로사를 거닐며 l

'비아 돌로로사'는 라틴어로 '슬픔의 길' 또는 '고난의 길'이라
는 뜻인데 빌라도의 관저에서 시작되는, 주님이 십자가를 지고
골고다 언덕 위까지 오르신, 그 길을 가리킨다.
그래서 매주 금요일 전 세계의 순례자들이 그 길에서, 자원하는
이들은 십자가를 지고, 큰 행렬을 이루는데 사실 그곳은 지금은
시장이 형성된지라 번잡하기 그지없다.
비좁은 골목 사이로 기념품 가게들과 많은 음식점들이 꽉 차있고
이 시장의 주된 소비자층이 팔레스타인 서민들인지라 값이 싼 물
건이 즐비해, 많은 사람들의 흥정소리와 호객소리에 시끌벅적한
말 그대로 시장통이다.
그래서 처음엔 그 행렬에 참가한 나조차도 묵상하는 것이 힘이
들었다.

많은 성서 고고학자들은 이 길의 역사성에 대한 의구심을 표한다.
골고다 언덕도 영국의 고든 장군이 발견한 성밖의 장소가 다시
유력하게 대두되고 있고 특별히 역사적, 지형적 특징으로 이 길
이 '비아 돌로로사'가 아닐 것이라고 한다.
무슨 말인가 하면 지금의 성은 예루살렘의 고단한 역사와 더불어
몇 번에 걸쳐 파괴되고 새롭게 축조된 것이라 모양과 크기가 당

시의 것과는 많이 달라져 있고 특별히 이스라엘은 지형적으로 큰 도시들이 고산에 주로 있는지라, 수 없는 전쟁 속에서 도시가 완멸되고 나면 그 위에 다시 도시를 건설하여서 적어도 수 미터 아래에 당시의 길들이 묻혀 있다는 것이다.

그러나 나는 그리 생각하지 않는다.
그 길은 내게는 상징적인 길이다.

그것은 역사적 사실에 근거한 것이 아니라 신앙과 묵상에 대한 기대를 토대로 하는 것이다.

나에게 2000년의 세월이 흐른 지금에도 당시 주님의 고난과 부활을 전존재로 느낄 수 있도록 그리고 기대할 수 있도록 하나의 기준점이 되어주는 내 영혼의 거룩한 터가 있다는 사실만으로도 나는 감격스러운 것이다.

이와 같은 맥락으로 나는 몇 해 전 한참 기독교계의 이슈가 되었었던 진화론과 창조론의 논쟁에도 별 관심을 두지 않았었다.
유독 나는 그 사실의 진위가 궁금하지 않았다.

그 사실의 과학적 진위와는 상관없이 내가 받은 은혜가 족하고도 넘쳐났던 것이다.
주님을 영접한 이후 내가 받은 그 사랑과 은혜는 설령 진화론이 옳다고 밝혀진다 해도 바뀌지 않을 정도로 내 영혼에 족하였던 것이다.

*비아 돌로로사를 거닐며 2

사실 아직까지도 종종 나에겐 묵상 중에 혹은 잠들기 전 비아 돌로로사를 거닐던 내 모습과 그 길을 이루던 느낌들이 떠오르곤 한다.

그 길...
비아 돌로로사...
어찌 보면 내 평생 가야할 길...

그 길을 매일같이 묵상하며 거닐 수 있었다는 것은 내 평생에 가장 귀한 축복이라 아직도 나는 서슴없이 고백한다.
참 감사하게도 내가 일하게 된 한 식당은 아침 10시쯤에 문을 열어 새벽 1시까지 운영되었다.
하루종일 음식을 주문 받고 날라야 하기에 몸은 좀 고달팠지만 새벽에 그 길을 거니는 축복을 나는 사모하였다.

당시 정국이 너무 안 좋아 예루살렘 성안으로는 외국인들은 안전 문제를 이유로 출입을 자제하였다.
그리고 이스라엘 군인들이 각 성문 앞에서 24시간 보초를 서며 만일의 사태에 대비하곤 하였다.

그들은 각 제대별로 베레모를 쓰고 있었는데 그린베레가 제일 많았다.
맨 처음 나는 진짜 그린베레인줄 알고 무지 놀랐다.

"와...이스라엘...모든 여군들도 다 그린베레야..."

사실 한국에서 군복무를 한 이들은 내 맘을 알 것이다.

베레모가 주는 특수부대원로서의 무게감...

게다가 그들의 탄창은 총알이 가득한 채 총에 고정되어 있는 것이 아닌가...

허걱...

한국에서는 도저히 상상할 수도 없는...

생각해봐라.

보이는 것은 다 군인들인데(이스라엘은 여성들까지 의무복무이다) 그들의 총에 다 탄알이 장전된 채 마치 장신구처럼 거꾸로 메고 히치를 하고있는 유대 군인들을...

그들에게 총탄이라고 하는 것은 어디에서든지 벌어질 수 있는 유혈 사태에 대비한 필수품이었던 것이다.

그만큼 급박하고 혼란스러운 이스라엘의 상황을 이해할 수 있는 대목이다.

어찌 되었든 이른 새벽 그렇지 않아도 검문으로 인해 사람들의 왕래가 소원해진 그 길을 나는 매일 거닐며 묵상할 수 있었다는 것이 지금껏 감동이 된다.

맨 처음 위험하다고 주의를 주었던 군인들도 시간이 흐르자 오랜 친구처럼 나를 들여 보내주고, 문을 지나게 되자마자 보이는 전날의 황폐한 일상들 사이로 느껴지는 만세전의 그 고독과 고요... 그 금빛 나는 길에(예루살렘성은 그 곳 특유의 베이지색 돌들로

이루어져 있다. 그래서 새벽이나 황혼 무렵엔 금빛으로 반짝이게
된다) 쓸쓸히 스치는 바람...
내 발자국 소리가 저 골목 길 끝에까지 부딪혀 다시 돌아올 정도
의 고요...
그리고 주님이 주시던 위로와 평안...

사실 그 곳을 다녀오려면 숙소에서 왕복 두 시간이 넘도록 걸어
야 한다.
그리고 그 곳에서 한 시간정도 '비아 돌로로사'를 묵상하며 걸으
면 어느새 뜨거운 태양이 내리쬐는 하루가 시작된다.
이것은 내게 너무도 감격스런 하루 하루의 '만나' 였다.

나는 그 길을 거닐며 주체할 수 없는 감격으로 몇 번이고 무릎을
꿇고 오열하여야 했고, 걸음 걸음마다 주님 흘리신 땀방울과 핏방
울에 맘이 아려와 몇 번이고 가던 길을 멈추고 가슴을 쓸어 내려
야만 했다. 슬픔은 절벽처럼 확실했다.

각 처소를 지날 때마다(그곳은 예수님의 행적에 맞추어 정거장을
만들어 기념하고 있다... 예를 들면 예수님이 그의 어머니 마리
아를 만난 곳, 예수님이 쓰러지신 곳...등으로) 나는 이천의 세월
이 무색케 주님 당하셨던 고난의 그 현장에 있는 듯한 착각이 들
정도였다.

주님께 십자가를 지우라고 외치는 사람들의 아우성에서부터 빌
라도의 괴로워하는 모습...

그리고 제자들의 슬픔과 베드로의 절망까지...
그 길을 거닐 때마다 보여지던 환상과 들려오던 그 소리들을 이 밤도 기억하는 것이다.

그때부터 썼던 시 한편이 있었는데 첫 행을 쓰고 나서 무려 11개월에 걸쳐 완성하였다.

그 시는 우리 교회에서 BC(축복 공동체) 회원들과 함께 기획 공연하여 큰 은혜를 나눈 '오페레타 -비아 돌로로사-'의 원본이기도 하다.

다음의 시다.

비아 돌로로사

1
성전을 사흘만에 짓는 이여
그대가 메시아인가
(우~ 우~ 우~)
그를 치소서 그를 강도와 더불어
십자가를 지게 하소서

유월절 예비 일의
이 번잡한 시장 통에
그를 벗겨 자신의 참람함을
세상에 고백케 하소서

2
빌라도의 관저에서 처음으로
수치를 보았느니라
나대신 바라바를 바라는
너희로....
아, 내 암탉이 병아리를 모으듯...
아, 내 암탉이 병아리를 모으듯...

3
그의 옷을 벗겨 잠시나마
원대로 하여 주자,

이 터 브라이 도리온이 잠시나마 네 제국
이 낡은 홍포는 너를 위한 것, (카~)
그래, 이 가시로 면류관을 만들자
그의 평생에 처음이었으리라
이런 면류관은 (카~)
왕은 자고로 위엄이 있어야 하는 법
이 갈대 봉을 그에게 들리자 (카~)

4
너희들로 침도 참을 수 있고
나를 희롱하는 너희들을 용서할 수 있으나
명심하라, 이것을...
내 이미 금 면류관과 심판의 봉을
만세 전부터 지녀왔음을..
내 그 영광을 두고 믿지 못하는 너희들의 패역에
직접 이곳으로 내려 왔음을..

5
자, 쓰러진 저가 자기 어미에게
무어라 하는지 들어보자
흉악범을 낳은 어미에게도 평생의
멍에를 지우자
망할 집안이여
패역한 집안이여

6

134

나, 비록 자식을 십자가에
넘기어 준 불행한 여인이나
주여, 이제야 당신이
주임을 믿겠나이다
내게로 성령으로 잉태됨이
이 날의 수치를 이기고도 남으니
편히 가소서
부족한 여인의 눈물로 가는 길
더디게 할까 두렵사오니
제 생각일랑은 마옵시고 속히
행한 구원을 이루소서

내 어미에게서도 당신의 이야기를 들었나이다
동네 어른들에게서도 당신의 이야기를 들었나이다
당신과 함께 하였던 30여 년의 세월동안
차마 두려워 못 내뱉던 그 한마디
주여, 이제 나 당신을 주로 부를 수 있사오니
인하여 나 평생에 짊어질 멍에도
두렵지 않나이다.

7
여자여 보소서 아들이나이다
당신의 몸을 입어 이들을 향한
내 사랑을 확증 하였나니
당신의 멍에가 무거울지라도

세상 끝 날까지 당신의 이름이
기억되리니
혈육이란 생각에 가슴에 묻지도 말고
함께 하였던 세월에 눈물짓지도 말며
내 행할 바를 지켜보소서
잉태로 지금까지 당신에게 멍에만
준 것 같은 까닭에
내 짊어진 십자가보다 더 무거운
마음 안고 가지만
우리의 행할 바 귀한 일이오니
울지도 말고, 두려워도 말며
하늘의 소망을 품으시기를
그냥 그렇게 잊으시기를...

8
진실로 우리의 메시야는 구름 타고 와야 하리라
비록 참람한 자가, 그깟
십자가 하나 못 옮기 우는
병약한 자가 우릴 미혹하지만
그건 아니 될 말
채찍에 묻은 그 자의 피로
이 언덕을 씻기 운다해도
그 자의 죄는 씻겨지지 않을 터
더욱 치소서 저 자의 가죽이
흐늘거릴 때까지 치소서, 치소서

저것 보아, 십자가를 짊어지기에는 이미
너무도 병약한 자야

136

이래서야 자정까지 저자를 매 달수 있겠나
내일은 우리의 거룩한 안식일
옛부터 안식일은 우리의 구원일 아무래도
안되겠어 이봐, 시골뜨기 네놈 이름이 뭐야
(옛? 구레네 시몬인뎁쇼)
어서 저 십자가를 져! 거룩한 안식일에
피를 뿌리고 싶은가?
(예?) 어서!

9
에이, 무슨 낭패람?
이 자의 소문을 듣긴 했다만 쳇,
이런 자가 그 많은 기적을 일으켰다고?
이리 무력한 자가?
그를 따랐다던 많은 제자들이 거짓말을
한 것이 틀림없어
아이고, 그나저나 이 많은 사람들
앞에서 이런 꼴을 보이다니
혹시라도 저들이 나를 이런 자와
한패로 보기라도 한다면
에이구, 이 무슨 낭패람!!

10
저 참람한 자 또 쓰러지는구만!
쳇, 순 허풍 장이 아니야

자신도 구원하지 못하는 자가
무슨 구세주라고
아니 저 여자는 뭐야, 왜 저런 자의
땀을 수건을 닦고 있는 거야
틀림없이 한 패로구만! 멍청한 계집 같으니라구!
아직까지 정신을 못 차렸어
여자들이란 하여튼...

11
베로니카에서 당신의 소문을 들었나이다
설마... 설마 했건만
전 알 수가 있어요
당신의 그 눈빛을 보면 알 수가 있어요
당신은 이미 이들을 용서 하셨군요
그래야 할 테지요
당신마저 우리를 버린다면
우린 구원받을 길이 없을 테니까요
우리를 용서하셔요 이미 거짓과 위선으로
우린 진리를 구별할 수가 없답니다
이제 우린 당신의 십자가 지심으로
진리를 알 수 있게 되었어요
당신이 가셨던 길이 곧 진리일 테니까요
난 당신의 죽음을 두려워하지 않아요
사흘만에 일어나신다는 당신을 믿는 까닭이지요
자, 힘을 내셔요, 그리고 어서 우리에게 행하실

진리와 구원을 보여주세요
비록 많은 여인들을 가슴을 치며
당신을 따르고 있지만
전 왠지 확신이 있어요
주여, 힘을 내셔요 그리고 부디 저희들의
죄를 사하여 주셔요

12
여인이여, 당신의 말이 나를 기쁘게
하는 도다 내 여태껏 살아온 세월보다
더 짙은 고독의 이 길이
오늘만큼은 고독하지 아니하며 오히려
기쁨이로다
패역한 너희들을 위하여 선지자의
말한 바대로 응해 주리니
예루살렘의 딸들아 나를 위하여
울지 말고 너희와 너희 자녀를 위하여 울라
날이 이르면...
날이 이르면...

13
자, 빨리 하자 시간이 없다
골고다 이 언덕에 우리의 믿음을
다시 세우자
저자의 속옷은 당분간 유쾌한 기념이 될 터이니

우리가 제비를 뽑자 (카~)
만일 네가 유대인의 왕이거든
네 자신부터 구원했어야 했을 것이야
그래도 사람 좋은 우리가 네 십자가에
만큼은 유대인의 왕이라 적어주었으니..
감사할 일이야, 암... 그렇고말고. (카~)

14
이 망치 소리가 너희의 평생에
네 후손의 가슴에 가시처럼 남을 터이니
그때로 살아있음이 고통일 터이나
아바, 아버지여 저희를 사하여
주옵소서 저들이 자기의 하는 것을
알지 못하나이다

15
이보쇼, 자칭 구세주?
네가 그리스도냐? 그럼 너와 우리를
이 빌어먹을 고통에서 구원해봐
참, 살다 살다 나보다 더 나쁜 놈과
십자가에 매달릴 줄이야

예끼, 이 사람아, 네가 동일한 정죄를 받고서도
하나님을 두려워 아니하느냐?
예수여 당신의 나라에 임하실 때에 나를

생각하소서

16
진실로 네게 이르니 오늘 네가
나와 함께 낙원에 있으리라

아, 내가 목마르다
내 피와 물을 다 내어주어
너희를 행한 내 사랑을 확증하였나니
아, 이 목마름이야
언제까지이리까
언제까지이리까

패역한 인생들이여
길을 돌이켜 패망을 피하라
완악한 인생들이여
마음을 정결케 하여
진노를 피하라

17
아,
아바 아버지여
어찌하여 나를 버리셨나이까
허나 이 수치와 고통 가운데
나 있어야 할 이유를 이미 아옵나니
순종케 하옵소서

순종케 하옵소서
정녕 나의 원대로 마옵시고
아버지의 원대로 되기를
원하나이다

아, 나의 영혼을 아버지의 손에
부탁하나이다

18
나의 사랑하는 아들아
너를 십자가에 내어 줄 때야
내 고통이 하늘을 찢음 같으나
아들아,
이는 우리의 사랑이니라
아들아, 이는 외려 우리의 기쁨이니라

장님에게서 빛을 앗아감이
죄인 가운데 진리를 앗아가는 것이
어찌 옳겠느냐

19
참아야 되느니라
너의 내어진 목숨이 영원한 생명 될 터이니
너의 받은 고난이 요동치 않을

진리 될 터이니
기어이 참아야 하느니라

그러한 후에는
사랑하는 아들아
그때는 내게로 돌아와
편히 쉬거라
그리고 너의 그 고통이
얼마나 세상을 따사로이 비추게 되는지
이제 너의 그 핏빛 울음이
얼마나 세상을 정결케 하는지
어이 돌아와 이 아비와 함께
영원한 기쁨 되어
지켜보자꾸나

20
참아야 되느니라
정녕 참아야 되느니라

* 예루살렘의 슬픈 역사 I

예루살렘은 보통 평화를 뜻하는 히브리어 '살렘'과 도시를 뜻하는 '이르'의 합성어로 '평화의 도시'라고 불리운다.
그러나 이에 대한 어원적 근거는 불분명하다.
분명한 사실은 예루살렘의 지난 세월이 그리 평화롭지만은 못하였다는 것이다.

그 옛날 통일 이스라엘의 왕이 된 다윗이 그곳의 원주민이었던 여부스 족속을 몰아내고 예루살렘을 수도로 삼은 것은 안목 있는 정치적 결정이었다.
남 유다와 북 이스라엘 어디에도 속하지 않는 곳을 수도로 삼음으로써 그는 각 지파들의 형평을 유지할 수 있었던 것이다.

다윗이 예루살렘을 수도로 삼아 정치적인 의미를 부여받은 예루살렘은 이후 솔로몬이 성전을 완성함으로써 종교적 의미 또한 지니게 되었다. 특별히 요시야의 중앙 성소화 작업이후 예루살렘 성전이 명실상부한 이스라엘 유일의 성전이 되자 예루살렘이 지니는 의미는 정치, 종교적 의미 이상으로 유대인들에게 각인되었다.
그러나 아시아와 유럽 그리고 아프리카의 길목인 예루살렘의 지리적 여건으로 인하여 수없이 많은 전쟁이 그곳에서 일어나게 되었는데 이 전쟁들이 종교적인 색채를 띠는 까닭에는 그 이유가 다 있다.
그곳이 세계 유일신 사상을 지니고 있는 3대 종교의 성지이기 때문이다.

144

유대인들은 물론이거니와 예루살렘은 기독교인들에게도 예수님의 탄생과 사역 그리고 죽음과 부활이 일어난 곳이기도 하지만 회교도(이슬람교도)들에게도 모하메드가 승천한 곳으로 알려진 성지로 사우디 아라비아의 메카, 메디나와 더불어 흔히 3대 성지라고 여겨진다.

오늘날의 예루살렘은 신 시가지와 구 시가지(흔히들 올드 시티라고 부르며 성벽으로 둘러 쌓인 성안의 도시를 말한다. 그곳은 다시 4개의 구역으로 나뉘는데, 유대교, 이슬람교, 아르메니안교 그리고 기독교 구역, 아직껏 그들은 그 성안에서 살고 있으며 모든 생활 또한 이전과 다를 바 없이 살아가고 있다)로 구분된다.
이 예루살렘이 의미하는 바는 전 세계 인구의 3/4에 해당하는 종교(아브라함의 후손이라 자칭하는 세계 3대 종교의 성지. 아브라함에게 하나님께서 주셨던 하늘의 별과 같은 바다의 모래알 같은 축복이 그대로 성취된...)의 성지뿐만 아니라 중동에서의 영향력을 확보하려는 미국과 서방의 전초기지의 성격이 강하다.
특히 반미 성향이 강한 중동에서(물론 걸프 전쟁이후 많이 바뀌었지만) 이스라엘은 그래서 화약고로 불린다.

그런데 이러한 국제적 역학 관계의 영향을 받은 것은 비단 오늘날의 이야기가 아니다.
그 옛날 근동의 역사에서 애굽(지금의 이집트)이 번창하여 북방 정책을 펼 때 아시아로 향하는 통로가 이스라엘이었고 반대로 앗수르(지금의 터키 지역)나 바빌론(지금의 이라크)이 득세할 때 아프리카로의 통로가 바로 이스라엘이었다.

전 세계 인구의 절반 이상을 식민으로 두었다던 로마시대에서 오스만 투르크시대에 이르기까지 그곳은 세 개의 대륙을 (유럽과 아시아 그리고 아프리카) 잇는 지리적 혹은 군사적 요충지로서 신흥 열강들에게 시달림을 받아야만 했다.

마치 우리나라가 이전에 그러하였듯...

그러나 내가 생각하는 이스라엘의 가장 큰 슬픔은 뭐니뭐니 해도 디아스포라 이다.

디아스포라...

나라 잃은 국민들의 갈 곳은 추억 속의 고국이 전부였던 것이다.

*예루살렘의 슬픈 역사 2

한국 사람에게조차 이스라엘의 '통곡의 벽'은 그리 낯설지 않을 만큼 익숙하다.

유대교 전통 랍비(검은 정장에 긴 모자와 긴 수염으로 상징되는)들이 늘 와서 기도하는 곳으로 알고있는 '통곡의 벽...'이 벽에 어떻게 보면 이스라엘의 모든 슬픔의 역사가 새겨져 있는 듯하다.

물론 한가지 기억해야 할 것은 지금의 성벽이 16세기에(1530년대) 완성되었다는 사실로써 지금의 성벽으로 구약과 신약시대의 사건들을 이해하려면 오류를 범하게 된다는 점이다.

그 중 서쪽 벽은(흔히들 '통곡의 벽'이라 일컫는) 그나마 제 2 성전 시대의 것이니 꽤 오랜 역사를 지녔다고 할 수 있겠다.

146

(솔로몬이 세운 아름다운 제 1성전은 바빌론 군대에 의해, 제 2 성전은 로마군대에 의해 파괴되었다)

로마가 팍스 로마나를 구가하며 세계 인구의 대부분을 식민으로 두고 있을 때 유대 땅 역시 그들의 지배 아래에 있었다.

그러던 중에 유대인들은 로마에 큰 반란을 두 번 일으켰는데 주후 66-70년의 제 1차 반란과 주후 132-135년의 제 2차 반란이 그것이다.

이 사건으로 인해 유대인들은 로마인들에 의해 큰 보복을 받게 되는데 당시 하드리안 황제는 유대라는 지명 자체를 로마 지도에서 아예 지워버리고 팔레스티나(유대인들의 적이었던 블레셋 족속의 땅이라는 것을 의미함)라고 명명한다.

뿐만 아니라 예루살렘도 엘리아 톨리나라는 로마식 이름으로 바꾸어 버리고 유대인들을 예루살렘에서 모두 추방해 버린다.

그 후 유대인들에게 예루살렘으로 들어오면 죽임을 당하는 법이 공포되었고, 일년에 단 하루 성전이 무너진 날인 아브월 9일에만 단 하루 성전 출입이 허락되었다.

이 날 유대인들은 로마군대가 자신들이 얼마나 위대한 성을 무너 트렸는지 후세에 남기기 위해 일부러 남겨둔 성전 산(성경에 아브라함이 이삭을 바치려 하였던 모리아 산) 서쪽 벽에 모여 이른 아침부터 밤늦은 시각까지 성전의 파괴됨과 자신들의 운명을 슬퍼하며 울었다고 하는데 그래서 붙여진 이름이 바로 '통곡의 벽'이다.

이 벽은 바빌론 군대에 의해 파괴된 제 1성전(솔로몬 성전)을 느헤미야가 포로시대가 끝나자 되돌아와 소규모로 재 축조하였고,

주전 37년 안티고누스와 파르티아의 세력을 몰아내고 명실공히 유대인의 왕이 된 헤롯이 유대인의 환심을 사기 위해 무려 46년 동안 공을 들여(제 2성전) 알비누스(주후62-64년 유대 총독) 시대에 완성되었으니 거의 80여년 걸려 완성된 셈이다.

그 후 로마의 티토스 장군에 의해 완멸된 예루살렘의 성벽 중 유일하게 남아 있는 것이니 제 2성전을 명맥을 잇고 있는 셈이다.

그런 까닭에 유대인들에게는 이 벽의 의미는 매우 각별하다.

유대인들이 성전산에 아직도 직접 오르지 않고 이 벽에 모여 기도하는 까닭은 이 성전산 서쪽 벽이, 위치가 확실치 않은 지성소와 가장 가깝다고 알려졌기 때문이다.

이들은 1년에 단 한번 그것도 대 제사장들만 출입하던 지성소를 범할까 두려운 것이다.

이런 이유로 그 일대는 항공기의 비행도 일체 허락되지 않는다고 하니 이들의 거룩한 터에 대한 경외는 실로 놀랍기만 할 뿐이다.

오늘날까지 이곳은 국가적인 큰 행사를 여는 곳이며, 유대인들의 성년식을 가장 명예롭게 거행 할 수 있는 곳이다.

그리고 모든 유대인들이 기도하기를 원하는 곳이기도 하다.

지금도 감격스러운 것은 그곳에서 일하는 동안 매일 아침 이곳에서 기도할 수 있는 귀한 축복을 허락해 주셨다는 것이다.

어쩌면 2천년전의 삶과 사람을 아직껏 기억하고 있을, 그래서 주님을 부인하였던 제자들과 주님을 조롱하였던 백성들을...

그리고 어쩌면 홀로 십자가 지시고 걸어가셨을 주님의 뒷모습 말없이 기억하고 있을 그 벽 앞에서 말이다

시온의 영광이 빛나는 아침
-예루살렘 통곡의 벽에서-

이천의 세월 견뎌온 침묵
금 빛 발하는
내 님 거닐던 이곳에
이슬처럼 스며드는 고요

황색 순례의 곤고한 여정엔
님 주신 침묵이,
그 침묵이 더 해준
태고적 고요가 유일한 낙

님 거닐던 그 어느 곳
영광이 아니랴만
지금은 내 님 더불어
영광이 빛나는 아침

*홍해 속으로

또 하나 감격스러운 것은 홍해 속으로 유영할 수 있었다는 것이다.
투명한 물과 다양한 어류들 그리고 사시사철 다이빙을 할 수 있
는 기후로 전 세계 다이버들의 성지라고 일컬어지는 홍해...

나는 한국에서도 간간이 스쿠버 다이빙을 즐겼다.
그것은 나에게 있어 하나의 묵상과도 같은 시간이다.

그것 아는가?
물 밖의 풍경이 바람과 그로 인한 파도의 영향으로 심하게 요동
치는 날도 물 속으로 10미터 정도만 내려오면 고요하다.
말 그대로 외부의 환경과 상관없이 물 속은 늘 고요한 상태인 것
이다.
다이빙이 나를 매혹시켰던 가장 큰 이유는 바로 이것이다.

나 역시 내 안에 그러한 영적인 깊음을 지니고 싶었다.
외부에서의 환경과 혹은 사람에게 자유로와져 내 안의 님과 늘
고요한 만남을 가진다는 것은 나에게 있어 늘 구하는 소망인 것
이다.

물론 또 다른 세상에서 오로지 호흡만으로도 움직일 수 있다는
것도 환상적인 명상이다.
물 속에서 느끼는 내 존재의 가벼움과 미약함...
그리고 물 속에서 만나는 외계적인 풍경들...

그리고 나서 수면위로 오를 때마다 보여지는 또 다른 세상의 빛...
그럴 때면 나는 마치 우주에서 유영하는 우주 탐험대원처럼 한없
는 희열을 느끼곤 하였다.

어찌 되었든 다이빙은 내 삶의 은밀한 일탈이자 빛바랜 일상으로
부터의 허락된 탈출이었던 셈이다.
물 속에서도 엉뚱한 나의 상상력은 빛을 발해 먼 훗날 내 여자와
함께 호흡과 눈빛만으로 대화하며 유영하는 모습을 상상하곤 하
였다.
그럴 때면 나오기 정말 싫어지더라^^
아무튼 어느 날 우연히 보게된 다이버들의 전문 잡지에서 홍해를
보고 난 뒤 내 마음속에 그 곳에서의 다이빙을 꿈꾸게 되었다.

그러나 내 오랜 꿈과 조우하던 날 나는 절망하였다.
어렵게 찾아간 에일랏...
그곳의 한 타임 다이빙 가격이 너무 비쌌다.

다시 한번 비굴 모드...

나: 에... 좀 싸게는 안 되겠소?
주인장:(너무도 정확한 발음으로) NO!
나: 에이... 이 세상에 에누리 없는 장사가 어디 있남??
주인장: (신념과 의지가 가득한 눈빛으로) No!!!

맥이 풀려 다이빙 샵을 나선 나는 가격표를 꼼꼼히 분석한 결과

1주일 자격증 코스가 몇 번의 다이빙보다 더 경제적이라는 판단이 섰다.
에이...이미 자격증도 있는데...

햇빛에 반짝이는 홍해를 보다가 어이없게도 이만한 목돈을 모으려면 얼마나 많은 날들을 또 다시 그 징그러운 설거지를 해야하는가 라는 의문이 품었다.
무척 오래 걸릴 것 같더라.
슬프더라.

그럼에도 지금 비싸다고 안하고 돌아간다면 왠지 모르게 평생 스스로를 비굴하다고 생각하면서 살아갈 것 같았다.
무엇보다도 내 오랜 꿈을 위해 내가 희생해야 하는 것치고는 적은 액수의 돈이란 생각이 들었다.

사람들은 흔히 무엇인가를 선택할 때 취하여지는 것만을 생각한다.
그러나 나는 그때 무언가를 선택한다는 것은 나머지 다른 것을 포기해야 한다는 것을 깨달았다.
이른바 '기회비용'인 셈이다.
그리고 어른이란 스스로 혹은 운명에 대해 선택한 기회 비용에 더 이상 미련을 두지 않는 사람이라는 것도 깨달았다.

결국 나는 국제 자격증을 또 다시 취득하였고 제법 큰 목돈을 홍해에 내 오랜 꿈 대신 담가놓고 왔다.
아...홍해...

그곳에서 나는 책으로만 보았던 빨강 물고기, 노랑 물고기 그리고 파랑 물고기 심지어 찢어진 물고기까지 보았다. ㅋㅋㅋ

그런데, 그 물고기들이 내가 설거지하던 접시와 포크를 가지고 뱃놀이하더라...

그때까지도 나는 아직 어른이 아니었나 보다. ㅠㅠㅠ

* 어허... 무례하구나

다이빙은 별로 어렵지 않았는데 이론이 너무 어려웠다.

다 영어 아닌가?

그래도 어떻게 좀 참고 열심히 해보려고 하는데 아, 이 무슨 태클이란 말인가?

이번엔 강사 친구가 나를 데리고 놀려하는 것이 아닌가?

나도 이젠 웬만한 건 참는다.

영어도 조금씩 들려오기 시작했으니까...

그런데, 같이 수강하는 네덜란드인과 독일인들이 당황할 정도로 나에게 농을 거는 것이 아닌가?

이론 시간에 이스라엘 해군의 특전대 요원이었음을 수없이 강조했던 그 강사...

아...몰랐을 것이다.

한국 해병대 출신들이 얼마나 성질 더러운지...

몇 번인가를 스승의 그림자도 밟지 말라는 내 어머니의 말씀을 기억해내며 자애로운 웃음으로 그를 받아 주었건만...
급기야 어느 날인가는 내가 그의 스승이 되어 주었다.

아, 글쎄 수업 중에(모두들 딴 짓하고 있었던 터라 아마도 주의를 끌 요량으로 나를 지목했던 것 같다.그래서 더 열이 받았다) 불쑥 내게 질문하고 나의 대답이 채 끝나기도 전에 (물론 시간이 조금 걸렸지...) 볼펜을 집어던지는 것이 아닌가?(그것은 정확히 내 관자놀이에 맞았다... 그 놈도 놀라는 것 같더라)
이렇게 얘기하면서...

그 강사: 제기랄!!! 뭐하고 있는 거야???

나:(아... 아... 잊으랴... 어찌 우리 그 날을...)

내가 다른 건 몰라도 싸우면서 배운 영어라 영어로 하는 욕 하나는 기가 막히게 알아듣는데...
그 짧은 순간에 해병대에서의 악에 받치던 모든 기억들이 다 스쳐가더라.

밥 굶는 것도 훈련이라며 밥도 잘 안 주던 그 곳에서 처음으로 잔반통(먹다 남은 음식물을 버리는 곳)의 음식을 교관 몰래 퍼먹던 일.
(사실 우리 바로 위의 기수가 그렇게 퍼먹을 때는 그들과 한 인류라는 것이 슬퍼졌었는데... 나는 새벽 이슬만 먹고도 살거라 생각했었는데... 21년 동안 고이 간직했던 내 자존심이 그 날 겁

154

탈 당했었다.)

그런데, 신병 훈련 기간동안 그것은 자주 오는 기회도 아닌데다 그나마 덩치 큰 동기들만 퍼먹을 수 있었다.

21세기가 큰놈을 원하는 것 같더라...이후로 나는 어떤 음식에도 감사할 수 있게 되었다.

폭설 내리는 밤이면 연병장에서 팬티바람으로 동기들과 몇 시간씩 소방호수의 물을 맞으며 사랑하는 내 어머니의 조국에 이를 갈았던 기억...

(며칠 걸러 비상훈련으로 실시되었던 그것으로 나는 차라리 내가 미치길 바랬고 실제로 주문도 걸었다.

미쳐라... 미쳐라... 제발 미쳐라... 나는 사람이 미치는 것이 한 순간인줄 알았는데 그런 것만도 아닌 것 같더라)

그리고 정말로 질리도록 맞아 짐승처럼 부르짖던 그 동기들의 울부짖음...

밖에서 한 노닐음 했을 그들의 덩치와 표정에 그 울부짖음이라는 것은... 차라리 그것은 포효였다.

그는 교관의 '주목!' 명령 이후에 단지 기침을 했기 때문에 맞았다. 그 순간 절벽같이 일어선 절망에 대부분의 훈병들은 고개를 돌렸었다

비참하게도 그 순간 나는 어떻게 해서든 이곳을 살아 나가야겠다는 생각을 했다.

동기가 맞아 짐승처럼 울부짖고 있는데 나는 내 안일만을 구하였

었다는 이 사실은 두고두고 나를 괴롭게 하였다.

실제로 나는 집으로 돌아가길 원하는 사람들은 거수하라고 하였을 때 손을 들려고 했다.
그것이 마지막 기회인 것을 우리는 너무도 잘 알고 있었고 실제로 40여명이 되돌아갔다.
그런데, 그러하지 못했다.
해병대 간다고 방위로 근무하던 친구 월급까지 빨아 먹고 온 것은 어떻게 감당이 되겠는데, 내가 교육 전도사로 섬기던 작은 시골 교회의 목사님께서(박경자 목사님, 충북 옥천 이원 감리교회. 철없는 어린 전도사를 물심 양면으로 섬겨주셨던 자애로우신 목사님이시다) 예배시간에 광고로 선포하였던 것이 맘에 걸리는 것이었다.
게다가 성도님들은 그 광고 시간에 무슨 은혜 받을 것이 있다고 다 아멘으로 화답하시는 것이 아닌가?(^^) 강단에서 선포되어진 말씀은 무슨 일이 있어도 지켜야 된다고 설교했던 나는 차마 그 순간 손을 들 수가 없었다.
나는 아둔 했으나 부끄럽지 않았다.

어쨌든 나는 나도 모르게 의자를 들어 그 강사에게 힘껏 집어 던졌다.

"이런 **!!! 싸가지 없는 **를 봤나?"(정말 발음 정확한... 한국말로...)

순간 수업하던 나머지 6명은 너무 놀라 모두 다 벽 쪽으로 일어서 비켜버리고 나는 순식간에 책상 몇 개를 밟고 날아올라 그 강사 놈의 멱살을 잡고 벽 쪽으로 밀어 붙였다.

그랬더니 그 놈도 순식간에 본성이 드러나더라.

그 강사 : 오우! 정말 미안해... 진정해. 진정해...제발...

내 눈에서는 아직도 살기가 뿜어져 나오는데...
여전히 독기는 눈보라 처럼 밀려 오는데...
내 영혼 깊은데서 그 곳에서는 적어도 그래서는 안 되겠다는 마음이 들더라.
그곳은 출애굽 당시의 이적과 기사의 거룩한 땅...
나중에 내가 툭하면 설교할 터인데...

그 날 나는 그곳에서 우연히 만난 한국 배낭족에게 빌린 전자 수첩에서 그 교재에 나오는 모든 모르는 영어단어를 한글로 바꾸어 놓았다.
밤이 세도록...

그런데 그 강사는 두 번 다시 나에게 질문하지 않더라.

＊홍해 앞에서

자격증 취득의 마지막 코스로 크루즈 다이빙을 이집트 근해로 나갔다.

이집트와 이스라엘 그리고 사우디 아라비아가 병풍처럼 펼쳐진 그 홍해에서 다이빙을 마친 후 나는 잠시 뱃머리에 기대에 발칙한 상상을 하였다.

출애굽 당시 이스라엘이 모세의 인도로 이 홍해를 건넜다고 성경에 기록되어 있지만 이 부분에 대해서도 여러 가지 의견이 분분하다.

내게 가장 흥미로웠던 것은 홍해를 붉은 갈대밭을 의미하는 것으로 보았던 견해이다.

이는 성경을 옮기는 과정에서 red〈붉은〉 -〉 reed〈갈대, 갈대밭〉으로 잘못 기재되었다는 설과 경로에 대한 이견에서 비롯된 것이다.

지금까지 발표된 출애굽 경로에 대한 견해는 영미 신학자들의 현 시내산이 있는 시나이 반도의 남단까지 내려왔다가 다시 가데스바네아까지 왔다는 견해가 정통적인데, 독일 신학자들은 시나이 반도를 북단으로 가로질렀다는 설로 맞서고 있다.

즉 그들은 시나이 반도의 북단에 있는 '나할 얌'이라는 곳을 지금의 홍해의 이적이 일어난 곳이라 생각하는 것이다. 그들은 이 '얌'이라고 하는 원문 해석을 근거로 ('얌'이란 엄밀한 의미로는 자연적인 큰물이 저수된 곳을 의미하는데 영어로는 또 우리나라말로는 그냥 바다로 해석이 되어진 것이다. 그래서 사해도 '얌'이고 갈릴리도 '얌'이라고 기록되어 있는데 엄밀히 말하면 바다는 아닌 것이다.) 독일의 신학자들은 그 북단의 경로에는 광범위한 이 갈대 숲이 형성된 '얌'이 존재하였다는 것을 주장하였던 것이다.

그들은 기존의 정통 경로에 대한 이견을 보이며 출애굽 당시의 이스라엘 백성들이 그냥 얕은 갈대밭을 건넜을 뿐이라고 주장하였고, 신학교 시절에 진보적인 성향의 선배들은 우리에게 그것이 참 진리인양 설파했었다.

홍해의 이적에 대한 또 다른 대표적이고 회의적인 견해는 우리나라의 진도나 무창포 그리고 제부도처럼 당시의 달의 인력으로 홍해가 갈라진 것이지 하나님의 이적이 아니라는 것이다.

나 역시 그 의견들에 솔깃했던 순간들이 있었다.

그럴듯하지 않은가?

적어도 애들 장난처럼 또는 무슨 공상 만화처럼 바다가 쭉 갈라졌다는 이야기보다 말이다.

그런데...

그런데...

그 날 배 위에서 내가 묵상한 성경에는 그동안 미처 발견하지 못한 은혜가 적혀져 있더라.

설령 출애굽 하던 이스라엘 사람들이 얕고 붉은 갈대밭을 건너왔든, 달의 인력으로 홍해가 갈라졌든 그건 별로 중요한 것이 아니더라.

중요한 것은 하나님께서는 하나님의 백성들은 다 구원하시고 하나님의 뜻을 거역하고 이스라엘 사람들을 뒤쫓아오던 애굽(현 이집트)의 특별 병거 600승과 애굽의 장관들이 거느린 모든 애굽의 병거들 그리고 그를 따르던 용맹스럽던 애굽의 병사들은 다 그곳에서 수장시키셨다는 것이다.

아...
하나님께서 자기 백성은 반드시 구원하신다는 것이, 그 약속의
성취가 그 장면의 핵심이었는데, 어설픈 신학생이었던 나는 같잖
은 신학지식과 어줍잖은 과학상식에 기대어 그 비밀한 사랑을 깨
닫지 못하고 있었구나 라는 자괴감들...

그 날 내 영혼에도 그 날의 홍해가 갈라짐같이 내 교만과 자아가
갈리게 되었음은 두말할 나위 없다...

제 4장

"사막에서 금을 캐는 남자"

*그들의 눈에 맺혔었던 것은 함

얼마 후 나는 요르단으로 여행을 떠났다.
요단강 터미널을 건너자마자 보이는 이스라엘과 너무도 다른 황량한 풍경들...
그제야 나는 이스라엘에서 보았었던 많은 가로수와 꽃들을 그리고 아침마다 지저귀는 새들을 기억하게 되었다.

아...
사막에 샘이 넘쳐흐르고 사막에 꽃이 피어 향내나리란 이사야서 43:19-21절의 말씀이 이스라엘에 이미 성취 되었었구나 라는 두려운 감격이 내 맘 가운데 임하였다.
실제로 나 역시 그것이 너무도 궁금하여 한번은 길 가던 유대인에게 물어 본적이 있었다.
분명 비 한 방울 오지 않았는데 나무와 숲들이 여전한 것이 아닌가?

유대인이 설명대신 보여준 행동에 나는 경탄을 금치 못했다.
그가 나무아래 수풀을 파헤치니 그곳에 스프링 쿨러가 장치되어 있었다.
그 나무뿐만 아니라 모든 거리의 나무들이 그러하였다.
그리고 더 놀라운 것은 그 물이 갈릴리에서부터 파이프로 흘러오는 물이라는 것이다.
아...그런 까닭에 이스라엘의 관개 기술은 세계적이라고 하였구나...
순간 나는 유대인들이 이곳을 다시 성경의 말씀대로 회복시키는데 하나님의 귀한 쓰임을 받고 있구나 란 생각을 하였다.

사막에 강을 내고 숲을 우거지게 만든 그들의 끈질긴 생명력에 경탄을 금치 못하였다.

그러고 나니 모든 유대인들에게 보다 따스한 맘으로 다가설 수 있었다.

이스라엘을 위하여 기도하라는 하나님의 말씀을 잠시나마 내 곤고한 일상으로 외면하였던 스스로가 부끄러워졌던 날이었다.

그러나 입국하였을 때의 그 황량한 요르단 풍경보다 내 맘을 더욱 아프게 하였던 것은, 다시 이집트와 요르단을 여행하고 요단강 터미널이 폐쇄되었다는 소식에 황당해하다가 찾아간 또 다른 국경 타바에서의 일이다.

흔히 국경의 보따리 장수라고 불리는 이들은 이-팔 관계가 악화되어 더 이상 이스라엘로 들어가는 것을 허락 받지 못하였다.

어찌 보면 당연한 행정 조치였으나 그들에게 들은 바로는 그것은 그들의 생존을 위협하는 것이었다.

이미 한달 이상 매일같이 기대를 품고 나왔던 그들이었으나 여전히 거부당하자 분위기는 매우 거칠어졌다.

아. 그러나 정말 슬펐던 것은 그 순간에도 동족끼리 사기치는 것을 보게 될 줄이야...

한 요르단 사람이 버스로 이스라엘까지 데려다 준다며 한사람 당 10불씩 내라고 하더라.

이스라엘로 가기만을 손꼽아 기다렸었던 요르단 보따리 장수들은 순식간에 그의 주변에 몰려들었다.

(그들에게 10불은 결코 작은 돈이 아니었다.)

그리고 얼마 후 정말 버스가 왔다.

이미 요단강 터미널 국경 폐쇄 조치에 황당해하였던(한달 사이에 사태는 더욱 악화되어 그 국경은 아예 폐쇄되었더라) 나 역시 돈을 내고 버스에 올랐다.

값이 점점 오르고 있었던 것이다.

수없이 많은 사람들이 버스에 매달려 타려 했으나(아...그것은 정말이지 보기 안쓰러운 광경이었다) 이미 버스는 다 차서 그들 중 몇몇은 매달린 채 국경을 넘고 있었다.

그런데... 그런데...

국경지대에서 거부당한 채 정차되어 있는 버스...

이스라엘 군인들은 아예 바리 케이트를 열 생각을 안 한다.

결국 1시간 남짓 실랑이를 하다 버스는 다시 요르단 국경 쪽으로 되돌아간다.

순식간에 아수라장이 되어버린 버스...

뭐라고 알아들을 수 없는 말로 소리치는 사람들...

소리 없이 오열하는 사람들...

큰 소리로 절규하는 사람들...

그 순간은 나 역시 당황했다.

다시 이스라엘로 못 가면 나는 어쩌란 말인가?

이집트와 요르단에서의 순례로 거의 경비도 몇 달러 안 남았는데...

내가 요르단에 남아 대체 무엇을 한단 말인가?

순간 돌아서는 버스의 차창 너머로 보이는 이스라엘 경계병.
나는 차창 밖으로 몸을 거의 빼다시피 하여 국경에 있는 군인에
게 손을 흔들고 외쳤다.

나: 야... 나 이스라엘로 돌아가야 돼!
　　나 한국 사람이야... 관광객... 알아?

버스가 거의 돌려지려는 순간 이스라엘 군인이 나를 발견하고는
외쳤다.

그 군인: 뭐라고?

나는 아예 배낭을 울러 메고 창 밖으로 뛰어 내렸다.
그리고 바리 케이트 옆의 그 군인에게 뛰어갔다.
그 군인 당황해하며 내게 총을 겨눈다.(맞아...저기엔 총알이 장
전되어 있다...)

그 군인: 거기서! 왜 와?
나: 나 이스라엘로 가야돼...
그 군인: 왜?
나: 예루살렘에 내 짐이 있어.
그 군인은 내 여권을 확인하고 어디론가 전화하였다.
그 버스는 벌써 저 멀리 사라지고 있었다.

얼마 후 그 경계병은 나를 이스라엘의 국경 터미널로 데려갔고 한 시간 후 어디선가 완전 무장한 이스라엘 군인들이 차량 옆에 매달려 사방경계를 하고 있는 거대한 수송용 방탄차가 나를 실으러 왔었다.

그 속에서 이전 같으면 나는 다시 비굴 모드로 이스라엘의 독립에서부터 중동 전쟁까지 침을 튀겨가며 위대한 유대인을 칭찬해야했지만 그러지 않았다.

국경에서 보았었던 그 비극의 현장이 계속 내 뇌리에 스쳤던 까닭이다...

아, 이것은 아니다...
적어도 이런 모습은 서로에게 비극이다...

아직까지도 나는 그 날 보았었던 아이를 업고, 커다란 보따리를 이고 있던 한 팔레스타인 여인의 고단한 표정을 잊을 수가 없다. 그 보따리는 적어도 그녀를 기다리고 있을 가족들의 생사가 달린 것이었으리라.

어쩜 그녀의 남편은 이번 유혈 사태로 다쳤을 수도 있고 죽었을지도 모른다... 그래서 그녀는 지금 배고파 울고있는 자식들을 위해서라도 무너지는 마음을 다잡고 이렇게 보따리 장사로 나섰을 수도 있다는 생각이 들자 맘이 참 착잡해졌다.

내 어머니에게서 들었던 불과 우리나라의 얼마 전의 모습이 이러했지 않은가?

그들을 뒤로한 채 홀로 빠져나온 나는 마음이 오히려 착잡해 졌다. 내가 참 비겁하게 느껴지더라.

그 날 이후 나는 히치에서 만나게 된 유대인들에게 이전과 같은 이야기를 화제 삼지 않았다.
대신 상호 존중과 인류애란 주제로 조심스럽게 그러나 정직하게 내 견해를 말해주었다.
예상외로 나와 같은 입장의 유대인들이 많더라.

아...
평화란 야욕에 사로잡힌 지도자들에게나 어려운 것이지, 그저 사랑하는 가족들과의 행복한 세월을 꿈꾸는 대부분의 사람들에게는 그리 어려운 것이 아니구나란 생각이 들었다.

어찌되었든 전쟁은 있어서는 안 된다.
그것은 비록 지금 내 주변을 피와 주검으로 물들이지 않아도 이미 절망과 눈물이 삶과 사람들 사이에 드리워지게 만들고 마는 것이다.

*인류애과고 하는 낯선 공감

국경을 넘은 나는 요르단의 한 작은 시골 마을에 우여곡절 끝에 도착하였는데 너무 당황하였다.
순식간에 내 주위로 요르단 사람들이 모여들어 내 옷도 만져보고 자기들끼리 키득대기도 하고...
나중에 알고 보니 그 마을에 수 년 동안 동양인이라고는 내가 처음이라는 것이다.
허허...

대부분 순박한 사람들이라 내가 마음의 빗장을 여니 금방 친해졌다.
시장에서 과일도 공짜로 얻어먹고 사진도 같이 찍고 ..
그러다 그곳에서 제라쉬로 가는 한 아저씨의 픽업트럭에 오르게
되었다.
이슬람 친구 사미르와의 일들은 그와 나 사이를 금방 친구로 만
들어 버렸다.

나는 지금도 나라와 인종을 초월한 그 무엇이 분명히 있다고 믿
고 있다.
그것은 인류애라고 정의 내리기도 하지만 그것을 느끼고 경험하
는 데에는 생각보다 많은 용기가 필요하지 않다는 것을 알게 되
었다.

흔히 유대인이 각계의 요직을 두루 맡고 있는 미국이나 서방의
언론들은 이슬람 사람들을 마치 모두 테러리스트인냥 묘사하는
데 지난 여행 이후 나는 그들의 편집 방식을 더 이상 믿지 않았다.

특별히 이-팔 분쟁이후 서방의 유수 언론들이 일방적으로 취하
였던 매카시즘의 절정이라고도 할 수 있는 그러한 극단적 그리고
편협한 편집 방식에 심한 거부감마저 느끼고 있다.
물론 안 그런 사람들도 있었지만(나쁜 사람들이 있는 것은 어느
나라에 가도 마찬가지였으니까...)
내가 만난 이슬람 사람들은 대부분 순박하고 정이 많았다.
그들은 내가 마음의 빗장을 열고 그간의 내 편견으로부터 한 발
자국만 뒤로 물러서자 충분히 그들의 삶을 누릴 수 있도록 아낌

없이 도와주었다.

그런 까닭에 나는 아직껏 중동을 배낭족에게 가장 아름다운 땅이라고 말하는 것이다.

아, 어느 곳에서 살아간들 이런 맘으로 살면 삶이 아름다워지지 않으랴...
이것이 지난 여행이 내게 준 가장 큰 선물...
인류애에 대한 근간을 이룬다.

*제라쉬의 석양은 말없이 내리고

제라쉬는 로마시대의 건축 양식이 그대로 보존되어 있는 세계적인 유적이다.
그도 그럴 것이 어느 날 모래 속에서 발굴되었으니 보존상태가 좋을 수밖에 ...
로마제국의 작은 식민 도시에 불과했을 이 도시가 그 덕에 세계적인 유적지가 되어버린 것이다.

중동 지방에도 대 로마제국의 영향을 받지 않은 나라가 없을 정도로 가는 나라마다 로마식 원형극장이 있었는데, 신기하게도 책에서 보았던 것처럼 일정장소에 가면 마치 마이크 테스팅을 하는 것처럼 목소리가 공명되었다.
여행 중 들렸던 원형 경기장마다 체크하였는데 이해가 안 되었던 것은 무대 위가 아니라 무대 아래에서 한 3-4미터 떨어진 곳에 위치해 있었다는 것이다.
정말 신기하게 맨 꼭대기에 있는 사람에게 작은 목소리로 말을 걸어도 다 들리는 것이다.

그 자리에서 장난치고 놀고 있었는데 이라크에서 왔다는 가족 관광객이 박수를 치며 노래를 부탁한다.
군가나 한번 불러 주랴??? 하다가 우리네 정서를 오해할까봐 (악기 있는 민족이라 생각하면 어쩌겠는가?) '오 솔레미오'를 멋들어지게 한 곡조 불러 주었다.
너무나 좋아하며 앵콜을 요청하는 그들에게 씩~ 웃으며 이렇게 말하고 내려 왔다.
"10달러, 플리즈..."

석양이 질 때의 제라쉬는 참 묘했다.
당시의 문화가 고스란히 상상이 되었다.
이것은 이스라엘에서 보았던 유적과는 스케일이 다르다.
관람료는 반값도 안 되는데...
이런 아쉬움은 중동지방을 돌아다닐수록 더 커져만 갔다.

내가 중동지방을 사랑하는 또 다른 이유는 장구한 그리고 거대한 유적지가 너무도 잘 보존되어 있다는 점이다.
이런 이유로 나는 여행 중 만난 사람들이 어디가 제일 기억에 남느냐고 물어오면 중동을 이야기했다.

그들의 삶과 사고는 이국적인 듯 하면서도 왠지 모르게 낯이 익었다.
왜 그런지는 모르겠지만 말이다.

170

*나였더라면...

한번은 모세가 묻혔다는 느보산을 찾아 나선 적이 있다.
모세가 시내산에서 40년 동안 방황하던 이스라엘 백성들을 이끌
어 낸 후 다시 이곳 모압땅(지금의 요르단)으로 들어와 여호수아
와 갈렙을 가나안 정탐자로 보냈다는 곳.
그 산에 오르니 정말 멀리 가나안 땅이 보였다.
여리고와 헤브론, 사해와 갈릴리 그리고 예루살렘까지...

아, 모세가 이곳에 올라 저 가나안을 바라보았을 때의 감정들이
어떠했을까?
그의 전 생애가 파노라마처럼 스쳐 가지는 않았을까?
드라마틱한 그의 삶이 말이다.

주변을 둘러보니 온통 광야, 말 그대로 목마른 광야이다.
모래 바람은 어찌나 세던지 ...
게다가 날은 얼마나 춥던지...
사방 둘러봐도 먹을 것 하나 없는, 말 그대로 돌덩이 쌓인 황무
지뿐이다.
그곳에서 잠시 성경을 묵상하며 하나님께서 그들에게 낮에는 구
름 기둥으로 또 그 구름이 잘 보이지 않는 밤에는 불기둥으로 인
도해 주셨다는 사실이, 방향을 한 시도 가늠하기 힘든 이러한 광
야에서, 그들의 갈 바와 할 바를 친히 보여 주셨다는 것이, 얼마
나 감격스러운 일인지도 새삼 깨달았다.
그리고 깨우쳤다.

성경이 증언하기를 매일매일 만나와 메추라기로 일용할 양식을 주셨는데 분명 믿지 않음으로 거절하다가 혹은 믿지 않는 까닭에 발견하지 못하여 굶주려 죽은 이들이 반드시 있었으리라는 발칙한(?) 상상이 들었다.

왜냐하면 이것에 대한 오늘날에도 되풀이되어 나타나는 증거가 있는데 그것은 이 시대에도 하나님께서는 일용할 양식을 공급하시는데 그것을 발견하는 이들은 하나님을 믿는 자들뿐이기 때문이다.

어찌되었던 성경에서 나오는 출애굽 당시의 이스라엘 백성들, 이적과 기사를 경험하고도 매일 같이 불평 불만하던 이스라엘 백성들을 나는 설교할 때마다 질책하였는데 막상 그곳에 가보니 나 역시도 그랬을 것이라는 부끄러운 회개가 밀려왔다.

나였더라면...
- 요르단 느보산에서 -

나였던들 패역해지지 않았을까

찬바람 이는 광야에
사랑하는 가족을 묻고
떠나야만 했던
그 옛적 열조에게 약속하셨다는
가나안을 향하는 이 여정에

사방을 둘러봐도 차이는 것
돌덩이 같은 절망뿐
지닌 옷 전부를 내 주어도
쏟아낸 혈육마저 몹쓸 바람에서
구해내지 못하는 무능한 가장으로
남아야했던 세월에,

하루에도 몇 번씩 치밀어 오르던 분노는
며칠을 삭히어도 추위와 굶주림으로 남아
차라리 옛적 애굽의 노예로 살았더라면
적어도 내 혈육을 이 몹쓸 광야로
내몰진 않았을 터인데

적어도 목말라 괴로워하던 내 어미에게
눈물의 짜내어 먹여야만 했던
그 갈증의 세월을,
차마 내 어미를 찬바람 일던
그 광야에 남겨둔 채
뒤돌아서야했던 이 아픔의 세월을
만나지 아니하여도 되었을 텐데

가끔씩 쥐어지는 만나는
항상 모자란 허기와 같아
반석에서 샘솟던 그 샘물은
차라리 사막의 신기루 같아

그 험난한 세월에
본적도 볼 것 같지도 않았던
그 막연한 약속에
구름기둥과 불기둥을 보았던들
나였더라면
온전한 순종으로
무릎 꿇을 수 있었던 것일까...

174

*허리가 끊어질 정도로...

느보산에서 다시 요르단의 수도 암만으로 돌아온 나는 그곳에서 그들의 삶의 양식에 관해 유의 깊게 살펴본 결과 하나의 원리를 발견하게 되었다.
그것은 나에겐 생소한, 이미 그들의 문화와 생활의 중심이 되어 버린 이슬람이라는 종교와 양식임을 깨달은 나는 암만에서 제일 크다는 한 모스크로 조심스레 발걸음을 옮기었다.
시국이 어수선한지라 그곳은 예배보다는 반미집회 분위기를 띠는 구호일색이었다.
수없이 많이 운집한 군중을 뚫고 나는 이슬람 사람들의 경계의 눈초리를 받으며 사원 내부로 들어갔다.
물론 얼굴엔 비장미가 흐를 정도의 경건함을 띄우며 말이다.

신학대학 시절 비교 종교학 시간이나 예루살렘에서 정기적으로 들리던 카잔(코란을 낭독하는 소리) 소리로만 느끼던 이슬람의 비밀을 알려고 하는 나의 욕심은 그러나 자리를 잡고 나자 곧 사라지고 말았다.
그들의 경건한 몸가짐(그들은 사원 내부로 들어갈 때 손과 발을 중앙에 마련된 수도에서 깨끗이 씻는다)에도 주눅이 들었는데 얼마 후 단에 선 한 이슬람 성직자에게 나는 그만 넋을 잃게 되었다.

처음엔 어?
이슬람도 설교를 하나? 라고 생각만 하였는데 그만 나는 그의 불을 뿜는 열정에 매혹 당한 것이다.

허리가 끊어질 정도로...
말 그대로 허리가 끊어질 정도로
눈과 입 그리고 손과 발, 온 몸에서 뿜어져 나오는 듯한 불같은
그의 열정에 나는 마치 감전이라도 된 듯이 꿈적도 못하게 되었다.

개인적으로 열정 어린 설교자를 꿈꾸고 있었던 나는, 내 평생에
허리가 끊어질 정도로 설교를 하리라 늘 다짐하였는데...
그리고 그러했다고 스스로 생각했었는데 그를 마주한 그 순간에
그만 나는 충격에 휩싸이고 말았다.

나는 개인적으로 얼마나 짧은 시간에, 얼마나 많은 그리고 깊은
청중과의 공감대를 형성시키는가에 설교자의 기본적 역량이 드
러난다고 생각했던 사람이다.
그러나 그를 마주하면서 중요한 것은 그것이 아니었다는 생각을
하게 되었다.
정작 중요한 것은 자신이 설교한 것에 모든 것을 걸 수 있는 설
교가 자신의 확신이었던 것이다.

그의 그러한 이슬람에 대한 종교적 확신이, 거짓 없이 정직하고
반듯한 삶의 양식으로 드러나고 그것에 대해 스스로 확신을 가질
때 불같은 열정과 도전을 품을 수 있다는 것...
그러할 때 그의 열정이 심지어 나와 같은 이방인에게조차 (무슨
내용인지도 알아듣지 못하는)가슴에 불을 붙이고 순복하게 만드
는 것이란 생각이 들었다.
그 날 만났던 한 이슬람 성직자는 그런 의미에서 내겐 특별한 도

전이었고 앞으로 설교를 준비할 스스로에 대한 엄격한 기준이 될
것이다.

아 ...
그동안의 나의 설교는 얼마나 열정과 확신이 결여된 지식전달 수
준이었단 말인가?

그 날은 누가 뭐라 하지 않아도 스스로 괴로운 날 이었다
왜 살다보면 그런 날을 만나지 않는가?

그냥 맹물만 마셔도 취할 것 같은...

무제
-이슬람교도를 바라보다가-

저리도 진실 된 입맞춤으로
스스로의 삶을 조율하는
저들의 마음에도
때론 휑하니 찬바람 일겠지만

사막의 황량한 와디에서 건
그곳이 설령
번잡한 슈크(시장)의
한 복판일지라도
간절한 갈망으로 드려지는
그들만의 불멸의 노래가

나 어디에 있던 성지가 되게 하소서
란 내 빛 바랜 바램보다
더 겸비한 것은 아닐까

언젠가 세월이 흘러
그토록 앙망하던 터에서
감격과 눈물로
겸비한 무릎으로 드려질
저들의 예배가

오늘도 성지를 거닐며
간간이 느끼고 마는 내 감상보다
혹 진실한 것은 아닐까

저 먼 곳
성지를 바라며
석고상처럼 굳어진 저들의 세월은
차라리 불처럼 번져 가는
사막의 황혼을 닮아

어느덧 서늘한 눈으로
성지를 누비는 내 앞에
비수보다 강렬한 일갈로
자꾸만 밀려드는데...

사막은 쓸쓸히 웃음만 흩어놓고
이내 제자리로 돌아와 있다

*종교가 삶과 사람에 주는 의미(라마단)

그렇다고 내가 이슬람에 흠뻑 빠지게 되었느냐? 하면 그런 것도 아니다.
그러기엔 내겐 기독교적 확신과 열정이 있었다.
그런데 묘하게도 나는 그곳에서 삶을 그리고 사람을 자유로이 만드는 이슬람의 모습을 발견하지 못했다.

일례로 내가 방문하였을 때는 라마단(금식월. 일년 중 한 달을 일출부터 일몰까지 금식해야 하는...심지어 침도 삼키지 않는다) 기간으로서 이슬람의 대표적인 절기였다.
그러나 그것을 감당하는 요르단 사람들은 그것에 기뻐하고 동참하기보다는 오히려 괴로워하는 듯 보였다.

일출부터 아무것도 먹지 않는 그들은 하루 종일 맥이 풀려 돌아다니다가 일몰을 알리는 대포(축포 같더라) 소리에 환호성을 지르며 허겁지겁 음식을 먹고 거리로 나온다.
그리고는 다음날 새벽까지 밤새도록 먹고 또 다시 일출 후 비몽사몽간에 하루를 시작하였다.
그것은 폭죽만 안 터졌다 뿐이지...
아...완전 축제 분위기더라.

그런 일은 도시로 갈수록 더욱 심해져 대낮에도 음식을 먹기도 하고 장사하는 집은 오히려 음식을 만들어 팔기도 하였다.
다만 사람들이 몰래 사고 몰래 먹는다는 것뿐이다.

180

'이거...뭐 이래?'

가이드북에서 라마단 기간이 엄격한 율법과 이슬람 교도들의 기쁨에 의해 지켜지고 있다는 것을 읽고, 끼니 걱정까지 하였던 나로서는 황당하기까지 할 정도이다.

이에 대한 내 생각은 이러하다.
참 진리는 그것을 신앙하는 사람을 치유하고 치료하며 자연스럽게 변화시키고 자유롭게 하는 것이다.
그런 의미에서 내게 있어 이슬람은 높은 수준의 도덕이나 윤리적 의무에 대한 가르침이지 신앙까지는 아닌 것이다.

생각이 이에 이르자 또 다른 묵상이 떠오른다.
과연 나는 스스로 참 진리라 확신하며 전하는 기독교로 얼마나 많은 이를 치료하고 치유하며 변화시키고 자유롭게 하였는가?
생각이 이에 미치자 그 날은 종일 금식하게 되더라...

＊서바이벌 푸드

앞서 얘기했지만 나는 신병훈련소 때의 다짐 이후로 먹는 것에 관해 스스로 무관심해지려 노력하였고 실제로 무심하다.
그것은 여행 중 경비절약 차원에서 단단히 한 몫 하였는데 그럼에도 한국 사람인지라 밥에 대한 생각은 늘 머리에서 떠나질 않았다.
빵을 주식으로 먹는 나라에서는 정말이지 속을 다스리기가 여간 고역스러운 것이 아니다.

아...
빵!
빵만 먹고도 빵빵거리며 살기에는 내가 경험한 한국의 음식문화
는 너무도 화려하였다.
그러던 어느 날 내 머릿속에 하나의 생각이 스쳐갔다. 번~득이며...

'사람이 빵으로만 살 것이 아니니라. ㅜㅜㅜ'

근처 식료품 가게를 돌아다녔던 나는 다행스레 쌀값이 매우 저렴
하다는 사실을 발견하였다.
흥분한 나는 과연 무엇으로 밥을 먹을까? 에· 대해 심각하게 고민
하였다.

그런데...
그런데...

절망적이었던 것은 내가 할 줄 아는 것이 아무것도 없더라는 것
이다.
울고 싶더라.

혼자 자취하던 대학 시절에도 내 방엔 숟가락 하나 없었다.
나는 그랬다.
늘 갔던 음식점에서 늘 먹던 것만 먹었다.

그러면 무엇을 먹어야 할까란 짐에서 자유로울 수 있었다.
(아직도 나는 누가 무엇을 먹을까 물어보는 것이 정말 싫다)
그런데다 집에서도 주방에 한번 안 들어가고 성장한 나로서는 할
줄 아는 것이라곤 정말이지 밥 밖에 없었다.
혼자 높이 쌓인 식료품 앞에서 막 슬퍼지려고 하는 찰라
눈에 빛으로 남는 참치 캔 하나...
그것도 값이 무지 싸더라.

그 앞에서 한참을 쭈그려 앉아서 조리법에 대한 상상의 나래를
펼치던 나는 결국 소금을 조금 사와서 밥에다 참치를(그 안의 기
름과 함께) 붓고 소금으로 간을 조절해 끼니를 때웠다.
온 몸에 전해지는 밥의 든든함을 느끼며 나는 두 번 다시 '혈중
밥 농도'를 떨구지 않겠다고 다짐했다.

빵 값의 반값으로 빵의 몇 배의 든든함을 주는 밥.
나는 그 밥 이름을 일명 '서바이벌 푸드'라고 이름하였다.
그리고 내가 여행하는 동안 나와 비슷한 처지의 한심한 한국 도
련님들에게 전수하여 주었다.
너무 좋아라 하더라.
유럽에서는 물가가 너무 만만치 않아 아예 검은 비닐 봉지에다
아침에 한 서바이벌 푸드를 담아서 도시락으로 먹었었다.

그냥 벤치 찾아서...
그림 나오지 않는가?
번화한 유럽의 한 거리 구석진 의자에 앉아 혹은 쭈그려 앉아서

검은 봉지 속의 밥을 수저도 없이 게걸스럽게 먹고 있는 한심한
인간이...
지나가던 사람들이 내 앞에서 깡통 찾는 것 같더라.

재미난 일은 한국에 돌아와 나는 그 밥을 한번 해 먹어 본적이
있다.
단지 내가 유라시아 대륙을 가로지르면서 만난, 수 없는 한국 사
람들에게 전파까지 해가며 먹었었던 그 밥의 정직한 식도락적인
가치를 확인하고 싶어서...

그랬는데 두어 숟갈 먹고 (상한 음식도 웬만하면 다 먹는 나인
데...ㅠㅠㅠ)
상을 물렸다.

처음부터 뭐 하는 짓이냐며 말리시던 우리 어머니...
밥 가지고 장난친다고 대노하시더라...

*전설 속으로 ...

요르단의 전설적인 터는 뭐니뭐니해도 페트라 이다.
붉은 바위란 뜻을 가진 이 곳은 기원전 4세기에 느바티안족이 원
주민이었던 에돔 족속을 몰아내고 세운 고대 도시이다.
겉으로는 황막한 돌산으로 가려져 있어 출구를 쉽사리 찾지 못하
나 그 좁은 통로를 지나 안으로 들어가면 전설로만 떠돌던 신비
의 고대 도시를 만날 수 있다.(전설의 도시로만 알려져 있던 이

고대 도시는 1812년 전설로만 떠돌던 잃어버린 도시를 찾아 헤매던 스위스의 모험심 많은 버크 하르트라는 백인 탐험가에 의해 발견되었다.
전성기 때는 3 만명이나 거주하였다고 하니 그 규모를 가히 짐작할 수 있겠다.
(성경에는 이곳이 에돔이라고 하는 지명으로 나온다.)

이곳은 내가 여행한 곳 중 개인적으로 꼽은 몇 곳 안 되는 뷰포인트 (이집트의 백 사막, 터키의 카파도키아, 이란의 아르게 밤 그리고 캄보디아의 앙코르 와트...)로서 훗날에라도 꼭 다시 와 보리라 마음 먹었던 곳이다.

붉은 암벽을 부조하듯 만든 거대한 신전들에서부터 기원 후 2세기 초 로마에 의해 점령당한 시절에 세워진 일상의 삶이 드러나는 극장, 시장 터 그리고 수로...
그리고 주변 광경이 사람을 압도하는 그 무엇이 있는 곳이다.

나는 그러한 느낌의 터를 그냥 '전설' 이라고 이름하곤 하였는데 그것은 그러한 곳이 내 의지와는 상관없이 묘한 영감을 주었기 때문이다.

앞서 언급했지만 그런 의미에서 중동지방은 나에게 있어 각별하다.
그 곳에서는 이상하게 시가 많이 나왔다.
그리고 시들도 대부분 물이 넘쳐 흐르듯 너무도 쉽게 그리고 짧은 시간에 쓰여지곤 하였다.

내가 미처 경험해보지 못한 느낌들과 감정들 그리고 지식을 그곳에서 나는 자연스레 접하게 되었다.
그 모든 것이 어우러져 중동은 나에게 있어 매우 매력적인 터가 되어 버렸다.

사실 아직도 나에게 전설로 남은 터는 요르단에 있는 지상에서 가장 아름다운 사막이라는 '와디룸'이다.

그토록 사막을 꿈꾸었던 나였지만 '지상에서 가장 아름다운 사막'이라는 말에 감히 마주할 자신이 생기지 않더라.
목마른 세월 거닐 적에 적어도 전설 하나쯤은 맑은 샘처럼 품고 살아야겠다는 생각에서다.

먼 훗날 내 여자를 만나게 되면 나는 그녀와 함께 내가 다녀온 전설들을 다시 한번 가려고 한다.
짐작하겠지만 마지막 우리의 여행지는 바로 이 와디룸이다.

그 곳에 이르면 나는 달이 차오르기를 기다려 이렇게 고백하리라 다짐한 적이 있다.

이제 나에겐 와디룸이란 '전설'은 당신과 함께 이곳을 거닐므로 사라지게 되었노라고...
참 다행이라고...

나 역시 그 전설은 더 이상 필요하지 않게 되었노라고 말이다.

"대신 당신이 이제부터는 내 삶에 '전설'로 남아 달라고...."

지금도 나는 가끔 그 '와디 룸'에서 달빛 차가운 밤에 내 여자에게 정중히 무릎을 꿇고 진지한 눈빛으로 영혼의 프로포즈를 하는 장면을 상상하곤 한다.

아는 사람만 안다.
사막이 얼마나 로맨틱한 곳인지를...
밤이 되면 온 하늘을 수놓던 별들...

저 멀리 지평선 너머로 홀연히 사그라지던 유성들의 향연, 달빛 아래 은은히 보이던 금빛 사막 위에 고여있던 만세 전부터 이어 왔을 고요와 적막.

세상을 하늘과 사막으로 ...
빛과 어둠으로...
그리고 나와 너로 담백하게 구분할 수 있는 그 사막의 밤...
그것은 내게 있어 치명적인 상처와도 같은 것이다.

나는 그저 복잡 다단한 우리네 인생 길에서 내 스스로를 담백한 사람이라 남에게 말해주고 싶었는데 막상 돌아와 살다보니 그러하지 못했다.

그것이 아직까지도 나도 모르게 손끝에 박히고만 가시처럼 어느 순간이 되면 꼭 나를 아프게 한다.

*블루 홀에서의 내 오랜 꿈과의 조우

이집트 시나이 반도에서 그 유명한 블루 홀을 찾아 다하브로 내려 간 적이 있다.
블루 홀...
해안 절벽이 70여 미터나 수직으로 형성되어 있어 푸른... 말 그대로 블루 홀처럼 보이는 세계적인 다이빙 포인트이다.

그곳에서 다이빙을 하던 나는 갑자기 아래에서 시커먼 물체 6-7개가 나타나 물 속에서 혼비백산했던 일이 있었다.
처음엔 상어인줄 알고 그러나 침착히 호흡을 정지한 채 멈추고 그들이 내 눈앞으로 스쳐가기만을 기다렸는데...

허걱!!!
그것은...
그것은...

다이버들이 잠수를 끝마치고 부상 중이었던 것이다.
진짜 멋있더라.
저 밑 푸른 심해 속에서 불쑥 올라오는 예닐곱의 외계인...
순간 나 역시 다이버라는 사실에 스스로 대견해 졌다.

또 다른 세상을 경험한 사람들만이 지니는 묘한 공감대가 짧은 순간이었지만 그들과 나 사이에 오고 갔다.
재미난 것은 내가 부상중일 때도 한 무리의 외국인들이 나를 보고 놀래서 당황하는 모습이 수경 너머로 보이더라.

나는 일부러 호흡을 멈추고 움직이지 않았다.

그리고 그들 주위를 맴돌다 손으로 멋지게 V자를 그리며 그들을 지나쳤다.

물 속이라 잘 못 알아들었지만 뭐라 막 욕하는 것 같더라.

내가 나빴다. ㅠㅠㅠ

내게 있어 이 블루 홀이 갖는 의미는 특별하다.

나는 이곳에서 내 삶의 작은 팁과도 같았던 두 개의 꿈을 이루었다.

하나는 오픈 짚차로 사막을 질주하는 것 그리고 다이버들의 성지라고 하는 블루 홀에서의 다이빙...

이 두 가지를 나는 사막과 마주했던 대양의 어느 구석진 모퉁이, 블루 홀에서 이루었다.

그런 의미에서 블루 홀은 내게 있어 하나의 상징적인 그 무엇이다.

꿈의 성취가 주고 간 매혹적인 기억들 ...

혹은 꿈의 절정에서 맛보는 강렬한 희열...

뭐, 이런 개념이다.

어찌 되었든 이 블루 홀은 어쩜 내 평생 사는 동안 꿈에의 기억과 열정을 회복시켜주는 하나의 기준점이 될 것이란 생각에 더욱 소중하다.

나 역시 담담한 하루
-이집트 블루 홀에서-

사막을 가르며 찾아온 세월
붉은 바위산 우로 태양 오르면
또 다시 밝아오는 이방의 아침

차도르 둘러쓴 저 여인처럼
나 역시 부끄러운 내 세월을
가릴 수만 있다면
이리 반짝이는 홍해의 눈부심처럼
아름다운 기억들만
지니며 살아 갈 수 있었을 텐데

그도 아니면 차라리...
차라리 저 사막처럼
감출 것도 감출 수도 없이
묵묵히 제 자리를 지킬 수만 있었더라면
그리할 수만 있었더라면...

아,
눈앞에 드리워진 홍해처럼
나 역시 담담한 하루

* 시내 산에서

시내산이 있는 곳까지 경비를 아끼려고 히치를 했다가 그만 사막 한가운데 떨어져 반나절동안(돈은 늘 없었던 거라 어색하지도 않았지만 그 곳엔 왜 차도 없냐는 말이다 ㅜㅜㅜ) 묘한 감상에 빠졌던 적이 있다.

참 묘하더라.
하늘과 땅 ...
그 외엔 아무것도 없고 있어서도 안될 것만 같은 곳에 내가 한 점으로 남아 누를 끼치고 있는 듯한 자괴감들...
우리네 삶이 우주의 한낱 먼지와도 같은 존재라는 것이 전존재로 이해가 되었다.

어찌 되었든 시내 산 바로 아랫마을까지 우여곡절 끝에 히치로 찾아간 나는 곤혹스러워졌다.

성지순례 팀들이 많이 찾는 곳이라 그곳엔 특급 호텔들만 즐비해 있었던 것이다.
몇 곳을 돌아다니다가 지친 나는 결국 소박해 보이는 이방의 어느 담장 아래에서 쭈그리고 앉게 되었다.
비는 쏟아지고(아. 중동에서 그토록 바랬던 비가 그 추운 날 게다가 노숙하는 마당에 내리게 될 줄이야...) 날은 이미 어두워지고 배는 고팠다.
그럼에도 나는 줄곧 잠이 들 때까지 '하나님은 실수하지 않으신다네' 라는 찬양가사를 읊조리다가 기도하였었다.

"제발 내일 한국 성지순례 팀들이나 만나서 컵 라면이라도 ...헤헤..."
그렇게 나는 잠이 들었다.

다음날 아침 매서운 바람에 놀라 새벽 3시에 일어났다.
감사하게 비는 그치고 대신 하늘에서 별이 쏟아지던 그런 복된
날이었다.
시내산...
모세가 사십 주야를 기도해 십계를 받았다는 곳...
그 거룩한 산에서 각 낙타의 주인장들이 호객행위를 하고 있었다.
허허...
슬퍼지더라.
속으로 이렇게 자위했다.
그 위대한 모세 선지자도 걸어서 올라가신 길을 어찌 어설픈 전
도사인 내가 낙타로 오르리요...
가난하니 믿음은 오히려 부해지는 것 같더라. ㅠㅠㅠ
결국 정상까지 걸어서 올랐다.
(아...백두산도 걸어서 올랐건만...)
얼음도 얼어 미끄럽더라.

그런데...
정상에서 거짓말처럼 한국인 성지순례팀(부천 역곡 감리교회 이
신교 목사님팀. 이신교 목사님은 처음 뵈었는데도 왠지 모를 기
품이 느껴지던 분이었다)을 만났다.

우선 멋지게 컵 라면 하나를 얻어먹었다.

할렐루야~
그 컵 라면이 그때 내게는 임마누엘의 증거였느니라.
호호호

더 감사한 것은 그 팀의 가이드 누님이 나를 이집트까지 태워다
주시고 그곳 한국인 식당에서 맛난 라면까지 사 주시더라.
게다가 이신교 목사님과 윤순희 성도(이분은 이야기 나누다보니
청주 에덴 교회에서 헌신하시다가 부천으로 이사하신 분이더라)
님이 각각 20달러라고 하는 거금도 손에 쥐어주신다...
그것은 돈이 아니었다.

그것은 광야에서 주시는 만나와도 같은 은혜였다.

아... 기도는 정확하게 해야 된다...
아주 치밀하게... 흐흐흐

시내산에서 내가 만난 하나님은 불타는 떨기나무 속이 아닌 그렇
게 곤고한 내 일상 중에 계셨다.

그 이후 나는 하나님을 신앙하며 살아간다는 것이 그리 큰 이적
과 기사만을 의미하는 것만은 아님을 알게 되었다.
그것은 내게 있어 늘 평안, 늘 기쁨으로 내 삶에 인도하시고 동
행하시고 채워주심을 의미하였다.

* 사막에 내리던 은혜

누에바에서 카이로까지 시나이 반도를 가로지르며 달렸던 적이 있다.
참 신나더라.
양옆으로 사막이 대양처럼 끝도 없이 펼쳐져 있고 사막 가운데
길 하나만 쭉 뻗어 있는 길...
시간상으로는 8시간이 채 안 걸렸으니 실제로 시나이 반도를 횡
단하는 거리는 얼마 안 되는 것 같더라.

문득 진보적이었던 한 선배의 말이 떠올랐다.
그 선배의 말에 의하면 출애굽 당시의 이스라엘 백성들이 장정만
60만이라고 성경에 기록되어 있는데(당시에는 여자와 아이는 인
구 계수에 포함되지 않았던 시절이므로) 그러면 적어도 4인 가족
이라고만 해도 출애굽 당시의 이스라엘의 인구는 200만 명이 넘
었을 것이라는 추정이 가능하다고 한다.

그런데 그 선배가 말하기를 그 200만 명을 일렬로 쭉 세워 출발
시키면 가나안 땅에 이스라엘의 선두 백성들이 다 도착할 때까
지, 미처 애굽에서는 이스라엘의 후미 백성들이 다 출발하지도
못할 정도의 짧은 거리라는 것이다.
그러면서 그 좁은 시나이 반도에서 40년 동안 헤맸다는 그 기록
은 말 그대로 시적인 표현이라는 것이다.
과연 그 선배의 말이 문득 떠오를 정도로 짧은 거리였다.
그럼에도 이젠 그 선배의 말에 무조건적인 공감이 일지 않았다.
성경을 깊이 묵상하다 보면 이스라엘 백성들이 가나안 땅 바로

앞에 있는 가데스 바네아라고 하는 곳까지는 2년 만에 왔지만 그 곳에서만 무려 38년을 혼란가운데 방황하였음을 알게된다.

또한 이스라엘 백성들이 하나님이 보여주시는 구름 기둥과 불기둥을 의지하여 움직였다는 것과 그 대열 맨 앞에 언약 궤를 앞세워 출발하였다는 것은 의미심장하다.

그리고 덧붙이기를 그 구름기둥과 불기둥이 보이지 않는 날은 이스라엘 백성들이 그 자리에서 진을 치고 한 발짝도 앞으로 나아가지 않았다는 것이다.

묵상이 그에 이르자 나는 깊은 은혜를 누리고 만다.

그 좁은 땅에서 40년 동안 헤맸었다는 것이 내 상식에 이해가 안된다고 잠시나마 덩달아 의구심을 품었던 내가 한심스러워졌다.

그리고 나니 오히려 그토록 좁은 땅에서 그 많은 무리들을 40년 동안 훈련시킨 하나님이 더 위대하시다는 생각마저 들었다.

어느덧 차창 밖으로 비가 후두둑 떨어지더니 이내 폭우가 내린다.

장관이더라.

사막과 부유하는 물줄기들은 이내 큰 와디를 만들고 사막 위에 길을 낸다.

번개는 어찌나 많이 치던지...

(운전하던 이집션 기사는 태어나서 번개를 처음 본다고 하였다. 이런 큰 비 역시 처음이라고 말이다)

그렇게 폭우와 번개가 내리치는 사막 위를 우리는 그렇게 달렸었다.

마음은 묘하게 가라 앉고 평안이 밀려왔다.

그 날 나도 모르는 사이에 내 무의식중에 자리 잡았었던 그 출애
굽에 대한 의심이 빗줄기에 깨끗이 씻기어 나가는 것 같더라.
그 폭우를 바라보며 나는 문득, 앞으로 살아가면서 내 삶 가운데
맑은 날만을 구하지 아니하리라 속으로 다짐하였다.
맑은 날만 되풀이된다면 내 영혼은 필경 저 사막처럼 황폐해 질
터인데, 나를 사랑하사 가끔씩 이렇게 폭우처럼 내려주실 주님의
은혜를 감당할 자신이 안 생기더라...

*피라미드 앞에서

처음 피라미드를 마주했던 날
나는 실망스러움을 감출 길이 없었다.

내게 있어 피라미드는 고대 사회가 지니는 신비와 전설의 절정이
었는데 막상 가본 그곳에는 너무도 많은 관광객들로 그 신비나
전설의 위엄을 느끼기조차 힘들 지경이었다.
더 슬픈 것은 피라미드의 크기가 정말 압도적인데(정말 상상보다
커도 너무 컸다) 그 위로 돌아다니는 사람들을 보았을 때는 그것
은 이미 내겐 전설이나 신비로움보다는 무너진 폐 건축물과도 같
은 느낌이 들었다.

그 느낌 알지 않는가?
한때 무소 불위의 권력을 휘두른 자가 그 세월이 지나면 오히려
아무에게나 밟히고 마는 권력의 무상함.
피라미드는 내게 그러한 의미로 각인 되었다.

어찌 보면 피라미드는 내 몽상의 중요한 모티브였고 그렇게 탄력을 받은 내 몽상은 범 우주적인 주제로 확장이 되었을 정도로 나는 피라미드에 관해 신비와 경외를 지니고 있었다.
그러니 어찌 슬퍼지지 않았겠는가?

게다가 그 바로 옆에 서 있는, 꽃단장을 하고 있는(보수공사를 하고 있는) 스핑크스...
아, 정말 실망이야...

그렇게 실의에 빠져서 혼자 수많은 관광객들 사이에서 쭈그리고 앉아 흙장난(두껍아! 두껍아! 헌집 줄게 새 집다오라는, 한때 온 국민의 심금을 울리던 가락을 추임새까지 넣어가면서...)을 하고 있었는데...

멀리서 내게로 다가온 한 마부가 나더러 말을 타라고 꼬신다.
허허...

내 이미 말을 타는 법을 배웠으나 문제는 돈이 없느니라...

오랜 흥정 끝에 값을 반값으로 깎은 나는 그 말을 타고 무작정 사막 쪽으로 내 달렸다.
안타깝게도 말이 힘이 없어 (라마단 기간엔 말도 금식이란다. ㅠㅠ) 몇 십 미터 못 가서 붙잡혔지만 말이다...
마부가 막 화내더라.
내가 말했다.

"아, 쏘리 데쓰요..."

그러면 원래 안 되는데 여행 중 월담 하다가 들어간 유적지에서
경찰한테 걸리거나 방 값을 너무 싸게 깎거나 혹은 무임승차를
하고 나서는 꼭 그렇게 말이 나오더라..
그렇다고 내가 일본인 흉내를 내서 고의로 일본의 국위를 떨구었
던 것은 아니다.
그런데 좋지 않은 일에는 꼭 그런 말이 나오더라.

"아, 쏘리 데쓰요..."
왜 그런지는 나도 모른다. ㅠㅠㅠ

어찌되었든 그 마부를 진정시키니 내게서 빼앗은 고삐를 다시 내
게 준다.
나는 혹 가능하다면 저 멀리 보이는 사막 가운데로 갈 수 있냐고
물으니 그럴 수 있단다.

사람들이 외려 풍경을 죽이는 경우가 어디 이것 뿐이랴만은 왠지
피라미드는 사람이 드나들어서는 아니 되는 곳이란 생각이 들었
는데 마침 잘 됐다 싶었다.
그리고 사막으로 나갔는데...
그 사막 가운데서 바라 본 피라미드의 모습은...

아, 바로 이 풍경이다.
그것은 정말 환상적이었다.

사막 위에 육중한 돌들로 쌓아 올린 거대한 고대 신비들 …

사막과 하늘만 있어야 할 것만 같던 그 풍경 가운데에서도 피라미드가 서 있으니 전혀 누가 되지 않은 채 오히려 그 풍경은 하나의 전설이 되더라.

그 풍경만으로도 너무도 강렬한 감격이 밀려 왔다.

그렇게 내 안에 잃어버릴 뻔했던 '전설' 하나가 부활하였다.

피라미드는 사막과 하늘 사이에 있어야 한다.

사람들 사이가 아니라 말이다.

신비는 경외함으로 지켜주어야 한다.

저속한 호기심의 추구가 끝내 도려내는 것은 그 신비에 대한 존경인 것이다.

이는 피라미드뿐만 아니라 사람 사이에서도 마찬가지인 것 같더라.

사람과 사람 사이에 넘지 못하는 강 하나 정도는 적어도 남겨 두어야겠다는 생각…

그래서 저급한 호기심으로 굳이 그 강 건너편으로 넘어가려 하지도 말며, 조바심 내며 타인을 그 강 너머로 건너오도록 허락하지도 않는 그 강 하나…

그 강 하나가 서로를 존중하며 예를 갖출 수 있는 근간이 된다는 생각이 들더라.

굳이 천부 인권 사상을 거론을 거론하지 않아도 우리는 태어날 때부터 귀한 선물로 받은 독립된 각각의 인격이 모여 조화를 이루며 사는 셈인 것이다.

그 누구도 물리력(폭력으로는 더더욱 아닌...)으로 혹은 강요로 인해 타인의 인격과 삶을 저당 잡아서는 안 된다는 것...
그것은 이후 여러 나라를 다니며 더욱 확고해진 나의 삶과 사람에 대한 기본적 이해이다.

*미이과, 그 영원한 방황

카이로의 중심 가에 위치한 이집트 박물관을 가 본 적이 있다.
내 개인적인 취향으로 나는 어느 나라를 가던 그 나라의 국립 박물관을 꼭 들르곤 하였는데 그것은 짧은 시간에 그들의 삶과 문화에 대한 흐름을 느끼려는 기대 때문이다.

개인적으로 예술을 하는 사람들에게는 빚을 내서라도 하루빨리 유럽의 유명 박물관에 있는 대가의 작품을 만나보라고 권해주고 (특별히 영국 런던의 대영 박물관과 프랑스 파리의 루브르 박물관 그리고 바티칸의 바티칸 박물관), 디자인이나 건축 학도들에게는 이집트를 그 중에서도 이집트 박물관을 반드시 가보라고 권해주고 싶다.

특별히 이집트의 각 지방에 흩어져 있는 신전들과 조각들은 말로 형용할 수 없는 영감으로 그들의 사고에 코페르니쿠스적 사고의 전환을 가능케 해 줄 것이란 생각에서다.

그곳에서 발견되어지는 기형적인 각과 선 그리고 조형들...
그것이 일정한 규칙에 의해서 만들어졌다는 것을 깨달을 때쯤 그

200

는 아마 독특한 작품세계를 지닐 수 있으리라...
여하튼 이집트는 특별하다.

개인적으로 여행 다니며 세계 4대 고대 문명의 발생지를 다 다녀
보았는데 그 중에서도 이집트는 독특한 매력이 있었다.
우리가 오늘날 이집트 문명을 그러니까 고대 문명의 발생지 가운
데서도 제일 매혹적인 이 문명을 이해할 수 있었던 것은 아이러
니 하게도 나폴레옹의 이집트 정벌 덕(?)이다.

그는 로제타라는 곳에서 하나의 돌을 발견하였는데 그 돌에는 똑
같은 내용이 이집트의 상형 문자와 민간 문자 그리고 그리스(헬
라)어로 쓰여져 있었다.

이것이 왜 중요한가하면 그간 해석이 불가능했던 이집트의 고대
상형 문자들이 그리스어와 함께 쓰여진 덕에 해석이 가능케 된
것이다.

이로 인해 수없이 많은 고대 이집트 문명의 비밀들이 밝혀졌는데
그러한 까닭에 이 돌('로제타 스톤'이라 불린다)이 갖는 고고학
적 그리고 언어학적 의미는 매우 크다.
그런데 훗날 영국 런던의 대영 박물관에 들렸더니 그곳에 소장되
어 있더라.
(아! 누가 영국을, 프랑스를 그리고 바티칸을 신사와 예술과 신
의 나라라 하는가? 그곳에 가보니 도적질한 국보급 문화재만 각
나라별로 전시관에 꽉 차있더라...)

어쨌든 이집트 박물관을 관람하다보면 왜 외국의 고고학자들이 이집트로 날아와 그곳에서 평생을 연구하며 살아가는지 이해 할 수 있다.

고고학에 문외한인 나 같은 사람마저도 장구한 고대 역사로의 여행에 빠져 버리게 만들어버리는 유적과 유물들...

그런데 유적들이 너무 많아서인지 구멍가게처럼 수두룩하게 쌓아 놓은 것 같더라.

그곳에서 나는 어린 시절 나를 흥분케 했던 투탕카멘의 황금 마스크와 수없이 많은 신들의 신화를 만났다.

그러나 무엇보다도 그곳에서 내가 얻은 귀한 것은 람세스를 비롯한 당대의 권력자들의 미이라를 눈앞에서 보았다는 것이다.

람세스...

무소 불위의 절대 권력을 누렸던 두 말이 필요 없는 파라오...

절대 권력자의 사후의 모습은 보는 이의 마음을 묘하게 흔들어 놓았다.

그냥 누워 있더라.

피골이 상접해 있은 채로...

(하긴 토실 살이 올라, 일어나서 국민 체조하고 있었다면 그것도 큰일이지...)

머리카락과 치아 그리고 그 얼굴의 표정과 모습 등이 그대로 보존되어 있는 미이라 특별 전시실에의 관람은 내 영혼과 삶, 그의 생성과 소멸 그리고 죽음과 영원이라는 본질적인 질문에 정직하게 마주하게 해주었다.

얼마나 많은 사람들이 자신들은 죽지 않으며 영원히 살 것처럼
욕심과 야망을 잉태하며 서로에게 분을 토하며 때론 피를 뿌리며
살아가고 있단 말인가...

람세스는 오늘도 그냥 누워 있다고 한다...

제 5장

"달빛에 노니는 여정"

*바하리아 오하시스

서두에 이야기했지만 나는 어린 왕자로 인해
사막을 알게 되고, 그리게 되고, 사랑하게 되었다.

그리고 그 어린 왕자가 집필되어진 그 사막에 대해서 막연한 동
경을 지니고 살았다.
그곳을 갔던 날... 참 행복해지더라.
마치 오랫동안 헤어져 있던 연인을 만나러 가는 사람 마냥 나는
이른 아침부터 맘이 조급해지고 안절부절 하였다.
그곳은 바하리아 오아시스라고 하는 곳인데 흔히 백 사막과 흑
사막이라는 이름으로 더욱 유명하여 대부분 그곳을 방문하는 사
람들도 그곳이 어린 왕자가 지어진 곳인지 모르고 간다.

그곳에서 하룻밤을 모닥불 곁에서 동행한 여행자들과 군불을 지
피며 캠핑을 하였는데, 새벽에 쉽사리 잠이 들지 못했던 나는 그
곳을 잠시 떠나 주위를 서성거렸었다.

달빛 차가운 사막의 새벽녘에 나를 이끈 것은 모래 위에 뚜렷이
남아 있던 여우의 발자국도, 감당할 수 없을 정도로 쏟아져 내리
던 유성들도 아닌 다만 오래도록 잊고 지내왔던 유년시절의 나였다.
그 아이는 나를 보고 자기를 잊지 말아달라고 그 조그만 손을 자
꾸 내밀곤 했지만 무척이나 망설이던 나는, 끝내 외면하였었다.
그 날 달빛이 잉크처럼 번져와 금길 같던 사막 위에 뿌려놓은 시
는 다음과 같다.

어린 왕자를 그리며
-이집트 백 사막에서-

황혼 고여있는
여우의 발자국을 따라
한참을 헤매이곤 하였지

달빛 차가운 사막의 밤에
모닥불 피어오르면
또 다시 어린 왕자 찾아온 줄 알고
그 주위를 서성거린다는
여우의 전설을 따라
밤새 서걱거리던 모닥불 곁에 누워
긴 유성을 쫓곤 하였어

지금까지도
어린 왕자의 기억에
가슴 훈훈해져 있을
여우를 생각하며

나 역시
유년의 시절 어딘가에서
사라져버린 어린 왕자를
기다리게 되었어

이 밤.
먼 곳 사하라에서
소혹성 612호로 되돌아 간
어린 왕자가 그리워지는 건

내 잃어버린 유년을
다시 만나지 못할 것만 같은
암담함 때문에...

이 사막 어딘 가에서
필경 길 잃은 어린 왕자를
만날 수 있을 것 같아
거니는 사막의 하늘엔

꿈처럼 반짝이던 유성 하나가
긴 그리움으로
나의 가슴에 박히고 마는데...

나는 그 날 밤을 정말 잊을 수 없을 것 같다.
정말이지 잊을 자신이 없다.

차가운 모래 위에 몸을 눕히면 사막도 보이지 않고 온통 하늘뿐
인데(아니 우주라고 표현하는 것이 더 옳겠다) 그 우주에는 온통
별들이 꿈처럼 반짝이며 내 눈 위로 쏟아져 내렸다.

태어나 처음으로

"지금 죽어도 좋아..."
라고 나도 모르게 혼자 중얼거렸다.
그 정도로 극도의 충만한 감격과 희열은 거의 종교적이라고 할
수도 있을 것 같다.

내게 있어 그리고 사막을 꿈꾸며 사는 이들에겐
사막은 그렇게 치명적이다.

*나에로의 초대 I

정말 이상한 일이다.
언젠가부터 사막을 떠올릴라치면 자꾸 눈물이 났다.
왜 그랬을까?
왜 나는 그 곳을 그리도 가르고 싶었던 것일까?

어쩜 나는 너무도 어린 나이에 우리네 인생이 사막에서 보았었던

신기루와 같은 것임을 알아버린 것일까?

사막에서...

그 사막에서야 비로소 나는 내 살아온 날들보다 내 살아갈 날들
이 더 짧을 수도 있다는 생각을 했었다.

그리고 여태껏 쌓아올린 탑도 없지만 그마저도 그렇게 모래 언덕
처럼 어느 바람에 사라질 수도 있겠다는 생각을 말이다.

그곳에서 마주했던 내 목마른 일상들을

아, 이 밤인들 나는 어찌 잊을 수가 있을까?

그래... 나는 그렇게 살아 왔구나...

여태껏 나는 얼마나 높이 사느냐보단 얼마나 깊이 사느냐에 늘
집중해서 살아온 줄 알았었는데,

그 곳에서 마주한 내 일상은 마구 헝클어져 있었을 뿐,

어느 것 하나 내 꿈꾸던 모양새를 지닌 것 없더라.

이젠 내 소중한 친구들에게까지 사하라를 말하지 않으리라.

어차피 내 안의 사막을 가로지르는 일에 다른 일상을 초대하지
않을 내 자신을 너무도 잘 아는 까닭에...

이제는 누구에게도 신기루였노라고 말하리라.

누구나 한번쯤 걸리게 되는 청춘의 절망이나 열병 같은 것쯤으로...

대수롭지 않게 말하리라.

아, 그럼에도 나는 사하라를 생각할 때마다 보여질 내 홍조를 감

출 자신이 없어...

마치 오래 전부터 내가 그곳에 서 있어야 할 것만 같은 그 의무
감은 결국은 내 몫인 것을...

그 사막을 가르며, 그보다 더 황폐해진 내 안의 사막을 가로지르
는 것은 내겐 피할 수 없는 천명 같은 것임을, 굳이 누군가에게
설명할 필요는 없으리라.

그런데 이 밤엔 사막을 떠돌던 풍경이 너무도 생생해...

그 하마탄(모래 폭풍)과 열사의 터를 거스르던 원주민들의 고단
한 일상들...

가슴 설레게 하던 서글픈 노을과 아침을 열던 숨가쁜 태양...

이런 것들이 문득문득 생각이나 막 눈물이 나고 왠지 모를 서러
움 같은 것이 느껴져 맘이 시려오는데...

아, 무엇이었을까..

날 지치도록 잡아끌던 그 무엇은...

사하라...

그곳엔 대체 무엇이 날 기다리고 있는 것일까...

아프리카의 별
-이집트 나일에서-

별 하나 힘겹게 스러지던 밤
아프리카에서 널 처음 보았다

옛적 용맹스럽던 누비안 용사의
그 눈빛 그대로
나일의 늪지를 헤치고 사냥에 나섰던 너는
자정이 훨씬 지나고서야
악어를 울러 맨 채 나 있는 곳으로
걸어왔지

아직도 긴장이 가시지 않은 눈망울엔
미처 이루지 못한 꿈이 담겨져
쉽게 흉내낼 수 없는 괴성으로
그 긴 밤을 견뎌내곤 했어

그렇게 사는 것이 네 꿈이라 했다

문명에 물들지 않은 채
자연을 거스르지 않은 채
그냥 네 자신으로 살다
황량한 이 사막의
한 풍경이 되는 것

밤이 되면 더 쓸쓸해 보이던
네 뒷모습처럼
끈질긴 생명력으로
이미 그윽한 하나의 풍경이 된
저 아프리카 아카시아가 되어

때론 바위를 뚫고
사막을 가슴에 품은 채
나일의 일출을 바라보는 것이
네 유일한 꿈이라 했다
네 유일한 꿈이라 했다

오늘도 가시에 찢긴 발을
움켜잡으며
나무에 오른 네 등뒤로
힘겹게 별 하나 스러져간다
아프리카의 별 하나가...

*나에로의 초대 2

내겐 작은 꿈이 있다.

이것은 내 삶을 이끄는 7 가지의 큰 꿈말고(가령 신학대학을 간다거나, 해병대를 간다거나, 내 꿈꾸었던 여자를 만나 결혼을 한다거나, 유학을 다녀와서 교수가 된다거나, 시인목사가 된다거나, 부요하고도 귀한 사명을 감당한다거나, 장기기증하고 죽는다는 것) 이를테면 내 삶을 더욱 나답게 그리고 깊이 있게 만들어 주는 작은 팁과도 같은 것이다.

그것은 바로 내 여자와 더불어 누리는 배낭 여행이다.
관광말고 여행...
시간과 물질에 자유로워져 그냥 서로를 느낄 수 있는 공유된 경험을 지니는 것...
난 그 경험의 공유라는 것을 무척 중요하게 생각한다.
기쁜 일이나 힘겨운 일이나 슬픈 일이나 환희의 순간을 함께 하였다는 묘한 친밀감은 아마도 평생에 우리를 이어주는 '안정된 이해'로 남을 터이니...

물론 지난 여행 때 내가 오래 전부터 꿈꾸었던 일을 은혜 가운데 누릴 수 있었다.
다이버들에게 성지로 여겨지는 홍해에서의 스쿠버 다이빙...
그리고 철들고서부터 꼭 하고 싶었던 오픈 짚차(그냥 짚차면 안 돼!!!)로 사막 질주...
이 두 가지 내 오랜 꿈을 이루었던 내 지난 여행은 내 삶을 더욱 풍요로와 질 수 있도록 만들어주었다.

그런 것이 내겐 또 하나 있는데 그것은 내 전설의 대륙 '아프리카' 종단 여행이다.

그런데 그것은 나 혼자 해야 될 것 같다.

왜 그런지는 모르겠는데 그곳에 가면 날 위해 준비된 그 무엇이 필경 있을 것 같아서,

지금껏 난 아프리카만 생각하면 괜히 서러워진다.

무엇이었을까?

날 위해 준비해 두신 그 무엇은...

하지 못한 숙제를 지니고 개학날을 당하는 초등학생처럼 귀국할 때도 난 두려웠다.

그것을 확인하지 못했던 내 스스로가 좀 싫어지기도 하고...

아무튼 이집트에서 남아프리카까지 종단하면 난 모든 짐을 풀어놓고 아프리카를 횡단하려 한다.

내 꿈의 시작이자 마지막...

사하라 사막에서의 횡단 종주...

아직도 난 그 내 작은 바램을 위해 구보 거리를 조금씩 늘리며 연습하는데...

그것이 언제가 될지는 모르겠다.

언젠가 한 중년 남자가 40대 중반의 남자가 사하라를 가로지르는 프로를 언뜻 본적이 있었는데...

그것은...

아, 그것은...
지금도 잠자리에 들어 눈을 감으면 내 모습이 떠오른다.
열사의 이글거리는 사막 위로 거친 숨 몰아쉬며 내 달리는 내 땀
방울과 숨소리가...
그것은 내겐 또 다른 꿈에의 경배 같은 것...

내가 언제부터 사막을 흠모하게 되었는지 나는 또렷이 기억한다.
내가 해야 하는 사역이 내 안의 야성을 조율해야 한다는 의무감
을 인식하였던 내 십대 후반부터 난 한시도 그 꿈을 잊은 적이
없었으니 말이다.
내 친한 녀석들은 왜 나보고 사막을 그리 동경하느냐고 물어오면
난 말없이 웃으며

'모르겠어, 왠지 오래 전부터 내가 그곳에 서있어야만 할 것 같
은 의무감이 자꾸만 들어...'
라고 답하였지만...
사실 나는 이미 알고 있었다.
나를 가장 잘 들여다 볼 수 있고 내 교만과 죄 됨을 가장 잘 비춰
주는 곳. 그리고 하나님께서 내게 하시는 말씀을 가장 집중해서
들을 수 있는 곳이 사막이라는 것을...
언젠가 내 좋아하는 형님으로부터(유정홍, 프랑스에서 만난 눈빛
이 참 슬픈 휴머니스트다)
먼 훗날 우리 요트로 대양을 횡단하자는 제의에 섣불리 그러하겠
노라 답해 드렸지만 ...
그래서 그분은 서울에 사시다가 바로 요트 항이 내려다보이는 해

운대로 집도 옮기셨지만 난 알고 있다.

내 안의 사막을 가로지르지 않고는 그것을 할 수 없으리란 것을...

무엇이었을까...
지난 여행 때 날 지치도록 이끌었었던 그 무엇은...

아프리카에 가고 싶다
 -이란 국경에서-

아프리카에 가고 싶다
내 유년의 자작목으로도
미끈한 활 하나와 날렵한 살 몇 개쯤은
품속에 지닐 수 있을 터이니

사바나...
그 드넓은 초원 위를 뒹굴며
붉은 달을 쫓는 저 표범처럼
나 역시 지평선너머 어디론가 사라진
내 전설의 대륙을 찾아
한참을 달려보리다

그러다 보면,
어느덧 내린 어둠 속을 거친 숨으로 헤매다 보면
나는 수풀 우거진
그래서 더욱 별처럼 빛나는
맑은 못에 이르리
그때는 목마른 기린처럼
나 역시 겸손히 머리를 숙여보리라

그리고,
못에 비친 내 슬픈 사랑을
마주하고도
더 이상 성난 사자처럼
그 못으로 뛰어들지 않으리라

이미 사랑은
못에 비친 내 표정처럼
휑뎅그렁한 모습으로 내 곁을 떠나갔으니
난 이제 또 다른 눈빛으로
새 하늘을 바라야 하리라

더 이상 아카시아 나무에 오른
하이에나의 슬픈 뒷모습에
서러워 울지 않으리라

그리고 행여 날이 이르기 전,
수풀 사이로 날 부르는 그 누군가의 애절한
울림을 듣게 된다면
난 서둘러 먼 길을 떠나리라

킬리만자로...
끝내 눈 덮힌 산기슭에 이르러서도
난 지치지 아니하리라

백설 내린 산자락에서
어린 아이처럼 환한 웃음으로
한참을 행복해하다
손 모아 파내려 간 그 눈 속에서
또 다른 이름의 자작목 하나를
품안에 지닐 수 있을 터이니...

*펠루카에서

이집트는 화려한 고대 문화는 아무리 생각해 보아도 나일강이 준 선물이다.
그 황량한 사막 가운데 그토록 깊고도 넓은 강이 흐른다는 것은 그들에게는 신의 축복과도 같은 것이다.
그런데 이 나일강을 더욱 낭만적으로 수놓는 것이 있는데 이른바 펠루카라고 불리는 조그만 무동력 돛단배이다.

이 배들은 방향을 쉽게 바꿀 수 있도록 바닥이 평평한 모양을 하고 있으며 바람을 이용해 큰 돛으로 방향과 이동 속도를 정하는 목선이다.
차로 가면 두 세시간이면 가는 거리를 굳이 이 배를 타고 이틀에 걸쳐 가는 것은 어쩜 이 펠루카가 주는 여유와 느림에 대한 삶의 방정식에 대한 동경 때문일 것이다.

펠루카 위에서 나는 모처럼 만에 자유로이 긴 몽상을 하였다.
그제야 한국에 두고 온 사람들과 삶들이 떠오르더라.
얼마나 소중한 사람들이던가?
얼마나 귀중한 삶들이었단 말인가?
그러지 않으려 해도 왠지 모르게 내일이면 꼭 죽으러 가는 사람처럼 눈물이 났다.

그리움...
그렇게 누워 하늘에 무심히 흘러가는 구름들을 바라보고 있노라면 무정한 세월에 자꾸만 목이 말라왔다.
목이 메이도록 가슴에 사무치는 그리움들이...
이유 없는 그리움들이 자꾸만 나를 울리곤 했다.

나일에서 바라보는 석양은 일출만큼이나 아름다운데
그 날 석양이 남기고 간 시다.

사랑만 하기에도 빠듯한 세월...
-이집트 펠루카에서-

때론 신화를 넘어 전설이 되고 싶다 했다

흑암의 세월을 도도히 가르는
이 나일강처럼
누가 뭐래도 네 머문 세월에
철저히 치열해지고 싶다 했지

그리하여 오늘도 푼더분히 웃음 짓는
저 이집션 소녀처럼
네 안의 사막을 가르는 또 다른 강에
맑은 웃음 지으며 이르고 싶다고

수많은 세월 두려움도 없이 추저도 없이

제 갈 길 흘러가는 나일을 보자
문득 네 생각이 났다
때론 광야를 혹은 사막을
어쩜 우리의 잃어버린 세월을
가로지르는 나일강에서
마음 저리며 네 이름을
불러보는 것은

이 사막에도 꽃이 피었음을
이 광야에도 새가 울고 있음을
누구보다도 먼저 네게 알려주고 싶어서이다

네 그토록 절망하던
황량한 네 안의 그 사막에
굳이 나그네 되어 방랑하지 않아도 될
꿈을 꾸었기 때문이다

이렇듯 그 자리에도 전설로
흐를 수 있다는 것을
기어이 네게 일러주고 싶어서이다

사막에는 반드시 강이 흐른다는 사실을
와디를 간절히 꿈꾸면
어느덧 네 바라보던 그 강에
이를 수 있다고

네 헤매는 그 사막에도
어딘가에 분명 잃어버린 강을
만날 수 있을 터이니

이젠 돌아와 나와 함께
우리의 잃어버린 그 세월로
손잡고 걸어가자
차마 말하고 싶어서이다

*나일이 들려주던 노래

나일의 아침
-나일강 기슭에서 아침을 맞으며-

차마 바라볼 수 없어
눈감고 읊조리는
나일의 아침

먼 곳 사하라를 달구고 온
저 태양은
이방의 어느 한 기슭을

거니는 나마저
달구고 마는데

반만년 역사가 찬란하다한들
오늘의 이 아침만큼
장엄해질 수 있는 것일까

종려나무 위로 내려앉는
황금빛 고독은
싸늘히 식어만 가는 일상에
나일이 지피어주는
삶의 정열과 같아

자메이카 선장이 흥얼대는
그 노래처럼 흥겨운
오늘도 남루한 일상으로
돛을 올리는
펠루카처럼 정겨운

떠남과 머무름이 고여있는
나일의 아침
그 기슭 어디선가 만나게 되는
또 다른 하루

거의 배 위에서 노숙하였는데 아침에 지저귀는 새소리에 눈을 떠 보니 일출이 시작되었다.
장엄하다는 표현은 이때 쓰는 것 같더라.
뭐라 풀어낼 수 없는 감동의 실타래들이 햇살을 타고 하루의 일상 가운데로 내려앉았다.

그것은 희망이다.
그것은 도전이다.

나일은 매일 아침 그렇게 노래하는 듯 하였다.
어제의 곤고함과 눈물은 나일이 밤새 흘려 보내주었으니, 오늘 내 할 일은 다만 나일이 선물하는 또 다른 세상과 사람을 향해 힘차게 돛을 올리는 것이 라고 말이다.

그랬다.
내가 만난 배낭족들은 잊고 싶은 것들이 많아 떠나온 사람들이라 그런지 유독 장엄한 일출보다는 제법 서글퍼지는 일몰에 집착하더라.
그래서 유명한 뷰포인트는 대낮부터 가서 자리를 잡더라.
나 역시 예외는 아니라서 각 나라의 유명한 일몰지는 웬만하면 다 갔었다.

그리스의 레스포스.
터키의 카파도키아와 파묵칼레.
인도의 갠지스강의 나루터.

캄보디아의 앙코르 와트와 툰레삽.
태국 남도의 작은 섬 코팡 간...

물론 모두 눈물나도록 아름다웠었다.
그러나 귀국하면서 알게 되었다.

1년 만에 피골이 상접한 채로 돌아온 막내를 보자마자 와락 울음
을 터트리시던 어머니의 손을 꼭 붙잡고 도란도란 이야기하며 집
으로 돌아오던 길, 그 마을 어귀에 번지던 그 노을이 세상에서
제일 아름다운 석양이었음을...

그땐 왜 몰랐을까...
참다운 행복은 그렇게 늘 내 곁에
맴돌고 있었다는 것을 말이다.

오늘에 충실한 삶...
후회도 미련도없이 오늘 하루를 충분히 누려야 한다는 것...
아직껏 나는 그것이 나일의 아침이 내게 준 아름다운 선물이라
여기며 살고 있다.

제 6장
"사랑만 하기에도 빠듯한 세월"

*비 오던 날 예루살렘에서

여행에서 돌아오니 일하던 식당에 친구 성범(전도사. 충남 보령
근처의 녹도라는 작은 섬에서 목회 중)으로부터 편지가 왔다.
내게는 늘 마음의 고향과도 같은 녀석이다.
바쁘게 사는 듯한 세상에 여전히 하나의 느낌표로 서있는 듯한
친구...
누구라도 그의 앞에 서면 자신의 삶이 얼마나 속도 위반으로 위
태위태한지 말없이도 깨우치게 하는 녀석이다.

그랬던 녀석인데 그 날 그에게 받은 편지 한 통으로 나는 와락
눈물을 쏟아야만 했다.

편지의 내용은 얼마전 자신의 어머니가 뇌출혈로 쓰러지셨는데
상황이 아주 안 좋다는 것이다.
그 친구의 아버지는 목사님이셨는데 그 일 이후로 부쩍 외로워
보인다는 것... 어느 날 밖으로 나가시던 아버지의 뒷모습에서
처음으로 외로움을 보았다는 것... 그리고 중보 기도를 부탁하였다.

누구보다도 그의 느긋한 성격과 낙천적인 성품을 잘 아는 나로서
는 그가 얼마나 힘들어하고 있는지를 짐작할 수 있었다.
한참을 그를 위해 기도해주던 나는 그 친구에게 답장 대신 시 한
편을 적어 보냈다.
그 친구라면 말없이도 그를 향한 내 맘의 애통과 중보를 느낄 수
있을 것 같았다.

예루살렘에 비가 내리면...
-예루살렘에서 친구 성범 서신에 답하여-

외롭다
문득 외롭다는 생각이 들었다
왜 외로운지
얼마나 외로운지
나는 알지 못했다

그랬다
여태껏 한번도 외로움을
본 적도, 느낀 적도 없었지만
마음저린 외로움을
비 오던 날
예루살렘에서 보았다

시온산 가득
외로움이 차 오르는 걸 보았다

숨차게 흘러가던 구름들도
움직이질 않았다
북적대던 수많은 사람들도
보이질 않았다
그냥 예루살렘만 고요히
웅크린 채 울고 있었다
연한 우유 빛 성벽은 더욱 하얗게 질린 채
온 몸으로 그 비를 막아내고 있었다
나는 그제야 깨닫는다

누군가 외롭다고 말할 때
그에겐 충고나 위로가
필요했던 것이 아니었다
정작 그에게 필요한 건
때뜻한 그 누구였다

비가 내리면 내리는 대로
눈이 나리면 나리는 대로
바람불면 서로의 내음을
맡을 수 있는 가까운 거리에서
두 손 꼭 잡고 서 있어줄 수 있는
그 누군가였다

그냥 그렇게
하나의 울림이 되어줄 수 있는
외로운 그 누군가였다

지금도 우리는 굳이 외면하려하지만 날마다 두려운 일이 일어나고 있음을 모두들 잘 알고 있다.

매일같이 얼마간의 가장들이 출근할 때는 사랑하는 아내와 아이들에게 입맞추고 일찍 돌아오리라 약속하고 나서지만 그 약속을 차마 지키지 못하고는 주검으로 되돌아 온다는 것...

그리고 그것은 가장에게 국한된 일이 아니라 내 부모와 형제 친구와 아내에게도 동일하게 일어나고 있다는 것이다.

이 무서운 사실을 깨닫고 나면 정말 우리네 인생은

"사랑만 하기에도 빠듯한 세월"
인데 늘 바쁘다고 외치며 사는 우리만 모르고 있는 것이다.

죽음은 늘 내 주위를 그렇게 맴돌고 있다는 사실을...

*죽음의 바다 앞에서

사해는 말 그대로 죽은 바다이다.
염분의 농도가 얼마나 높은지 시험삼아 맛 본 물맛에 혀끝이 아려올 정도이다.
그러니 그곳에는 아무것도 살지 못한 채 소금기둥만 서 있다.

그 곳은 물에 조심스럽게 누워 있기만 하면 하루 종일 물위에 떠 있을 수 있다.
바로 옆의 쟁반 위에 음료수와 책을 놓고 물위에 누워서 책을 보는 발칙한 일도 벌어진다.

정말 신기하더라.

그런데 그 곳이 생명력을 잃게 된 이유는 단순하다.
이스라엘 북부 헬몬산에서 눈 녹은 물은 내를 이루고, 흐르고 흘러 갈릴리까지 오게된다.
그리고 그 물은 요단을 거쳐 매일 5백 만 톤의 담수가 사해로 들어오는데 오직 사해만 그 물을 흘려보낼 곳이 없는 것이다.
그래서 계속 고여있는 사해의 물은 증발과 강수를 반복하면서(월등히 증발의 빈도가 많으므로) 점점 염분의 농도가 높아졌는데 (30%) 이제는 아무것도 살지 못할 정도로 생명력을 잃어 버렸다.

흔히 설교하다가 사해와 갈릴리의 이러한 지형적 차이점을 비교하면서 주님의 사랑도 이와 같은 원리가 적용된다고 말해주곤 한다.
각자가 받은 주님의 사랑을 혼자만 지니고 사는 사람은 지나친 신비주의로 흐르든지 엄격한 율법주의자로 변한다고 말이다.
받은 사랑이 있다면 그것을 다른 사람들에게 나누어주며 살아가는 것이 그리스도인의 생명력이라고 말이다.

참 감사한 것은 지금 내가 사역하고 있는 광림 교회(서울 강남구 압구정동 소재. 담임 목사 김정석)에서 이러한 신앙의 원리를 확증한다는 것이다.
무엇보다도 나는 김정석 목사님으로부터 새로운 패러다임으로 이미 전환되어 버린 한국 사회에 대한 예리한 통찰과 보다 진보된 미래 사회에 대한 깊이 있는 비전 그리고 그것을 가능케 하는 새로운 리더쉽을 발견한다.

특별히 인간미 넘치는 목사님의 모습은 내 오랜 화두, 삶과 사람에 대한 열정과 애정이 있기에 가능하다는 생각에 늘 친숙한 것이다.

이런 귀한 분을 곁에서 섬기며 훈련 받을 수 있는 축복에 감사하다.

또한 광림 제단과 성도님들이 그동안 소리 없이, 빛도 없이 한국 사회에 행하고 있는 많은 사랑의 나눔에 이르러서는 이 조직에 헌신하고 있다는 것이 자랑스러워지기까지 하는 것이다.

일례로 나라의 어려운 일이 생길 때마다, 어려운 이웃을 위해 이른 새벽부터 전국으로 사역 봉사를 떠나는 남,녀 선교회 회원들과 수십, 수백 억을 지원하여 지어준 복지 시설에 아무런 권리도 행사하지 않는 광림 제단의 모습은 자칫 사해처럼 썩어져 죽음의 바다로 치달을 수 있는 대형 종교 재단을 갈릴리처럼 생명력 있는 사회의 빛으로 남을 수 있도록 해 주는 새로운 가능성이다.

더욱 놀라운 것은 내가 담당하는 청년 선교국(담당 목사 박동찬)의 비전 가운데 전 세계에 100개의 교회를 세우는 것이 있더라는 것이다.

지금껏 청년들의 힘으로 2년 동안 아시아에 총 13개의 교회를 건축하였는데 마찬가지로 세워준 교회에 대하여 철저히 현지인 사역자를 세우고 지속적인 지원만 할 뿐 일체의 영향력을 행사하지 않는다.

이는 세우는 것은 종 된 우리의 일이지만 몸 된 교회를 이끄시는 것은 성령님이시라는 담당 목사님과 청년들의 신앙 고백에서 비롯된다.

맨 처음 이 비전을 들었을 때 나는 이 비전이 성령으로부터 온 것이라는 확신이 들었다.
(개인적인 고백이지만 우리 교회에 부름을 받고 처음으로 이 비전을 알게 되었을 때 나는 하나님께, 이방 땅에서 나를 그토록 연단 받게 해 주셨음에 전심으로 감사를 드렸다) 아무튼 지금은 '국제 비전 선교회(VM)'란 이름으로 새롭게 거듭나 전 세계에 복음의 깃발을 꽂는 것을 비전으로 삼는, 청년들의 열정이 뜨거운 선교 단체가 되었다.

참, 개인적으로 사해를 묵상하다가 떠오른 것이 있다.

그것은 바로 그 옛날 죄악으로 인하여 멸망하였던 소돔과 고모라가 이 사해 밑에 가라 앉았다고 하는 사실이다.
그리고 보니 주변 환경과 광물들이 소돔과 고모라가 멸망당했을 당시의 것과 매우 흡사하다.
게다가 롯의 아내는 소금기둥으로 바뀌었다고 하지 않았는가...

그런데 그것이 내 묵상의 중심이 아니었다.
내 묵상의 중심은 하나님의 약속의 땅...
그 가나안 안에 소돔과 고모라가 존재 하였었다는 점이다.

아...
혹시 하나님의 은혜 안에서 살고 있다고 하는 내 일상가운데도, 이와 같이 소돔과 고모라와 같은 죄악의 씨앗들이 자라나고 있는 것은 아닌가?

지금도 가끔 그 묵상을 하곤 하는데 생각이 이에 이르면 진실로 두려워지고는 한다.

내 일상 가운데 공존하는 소돔과 고모라...
내 은혜 가운데 공존하는 죄와 멸망의 씨앗들...

*네가 나를 사랑하느냐

막상 이스라엘을 떠날 시간이 임박해져올수록 나는 몇 곳만은 다시 순례해야 한다는 강박관념 같은 것이 생겼는데 갈릴리가 그랬다. 이상한 일이었다.

갈릴리를 찾아가면 갈수록 예수님의 사역도 사역이지만 자꾸만 베드로를 묵상하게 되었다.
베드로...
그가 지니는 상징성이란 완벽한 우리의 모형이다.
또한 그에게 보여주신 주님의 사랑은 완벽한 우리를 향한 주님의 사랑하심 그것이었다.

주님의 제자 가운데 교회의 기초가 될 것이라 유일하게 칭찬 받고도 사단아 물러가라 라는 주님의 호통을 받았던 한 남자...
주님 앞에 자신의 뜨거운 사랑을 자랑하였다가 누구보다도 비굴하게 주님의 부인하였던 그 남자...
그 모습이 바로 내 모습이었던 것이다...
갑자기 베드로의 삶에 깊은 매료를 느끼고 성경에서 그의 흔적들을 깊이 묵상하게 되었다.

주님으로 인한 베드로의 희열과 절망... 그리고 호쾌한 웃음소리
로부터 뼈아픈 통곡까지 들리는 듯하였다.

문득, 낙향한 베드로의 좌절감이 내 영혼에 깊이 새겨진다.
'주님 지금의 내 모습도 그러하나이다...'
내게도 임하여 주시옵소서...
라는 고백과 더불어 자꾸만 눈물이 났다.

네가 나를 사랑하느냐? (요 21:15)"
-이스라엘 갈릴리 호수에서 낙향한 베드로를 묵상하다-

1

그랬습지요.

저란 놈은 애당초 갈릴리 어느 이름 모를 촌로의 삶을 살았어야 옳았습지요. 이따금 호수에 이는 돌풍에 두려워 떨기보단 타고난 뱃심으로 그 돌풍을 뚫고 어쩌면 염려로 해변에 서성일 어여쁜 아내에게 내 길어 올린 희망을 쏟아 붓고 웃음 짓는 멋쩍은 삶도 괜찮았을 터이고, 유칼리 나무마저 목마른 유월의 폭염엔 나를 꼭 빼 닮은 자식들을 들쳐업고는 바람 이는 골란 고원까지 한 달음에 달려가 적벽 아래 고여있는 그들의 꿈에 나래를 달아 주는 재미도 제법 쏠쏠했을 테지요.

2

어차피 내 팔자는 타고난 뱃놈 !

내 생전에 메시야를 만나게 될 줄이야 상상이나 했겠습니까 ?

사람 팔자 아무도 모른다더니 그때 당신을 만나지 아니하였더라면...

'더없이 깊고도 그윽한 그 눈빛만 아니었더라도...'

'한없이 곱고도 나지막한 그 음성만 아니었더라도...'

난 웬 껑충한 사람 본 셈치고 안드레와 바쁜 하루를 여밀 생각이었는데.

"당신을 따르라니요?"

"우리로 사람을 낚게 하겠다니요?"

236

그때 차라리 욕설이라도 그도 아니면 핑계라도 댔어야 했었는데...

아...

천년을 지켜 본 듯한 그 눈빛은 ...

또 다른 천년을 불러온 듯한 그 음성은 우리에겐 피할 수 없는 천명...

3

그때로 되돌릴 수만 있다면 나 이리도 찢어진 그물 벗삼아 세월을 낚지는

아니하여도 되었을 터인데...

이리 가슴 아픈 자복으로 해변을 뒹굴지 않아도 되었을 텐데...

물론 당신의 소문은 갈릴리 시골뜨기인 제게도 들려 왔습지요.

세례요한 선생님이 우리 같은 뱃놈들에게도 안티파스보단 백 배 나은 희

망입지요.

그런 그가 당신의 신을 들기에도 부족하다 고백하였다니 난 그저 먼발치

에서 이제야 우리가 그 지긋지긋하던 로마 놈들에게서 구원을 받겠구나

생각했을 뿐인데...

그런 당신이 나를 부르셨다니 ...

그 날을 생각하면 아직도 심장이 벌렁거리는데, 참으로 벅찬 일이었습죠.

제겐...

물론 당신을 따르며 수많은 이적들을 경험하였지요.

앉은뱅이가 걷게되고 장님이 보게되고 천병 문둥병이 사라지고...

내 할아버지가 들려주시던 메시야의 이적들이 내 눈앞에서 일어날 줄이야

상상이나 했겠습니까?

뭐니뭐니해도 북쪽마을 가버나움에서 내 장모의 열병을 어루만져 주시던

그 손길만으로도 치유하여 준 것을 잊을 수가 없지요.

귀한 딸 데려와 억척 고생만 시켰던 제 어깨가 으쓱도 했지요.
그래서 기적은 항상 내게만 일어나는 법이지요.
그런 까닭으로 남의 이적은 우연으로 돌리지 않습니까?

하지만 난 똑똑히 보았습지요.
기적은 오직 당신에게 나왔음을...
그 기적은 당신에게는 기적이 아닌 다만 '지극한 사랑'이었음을...

4

아...
그때로 되돌릴 수만 있다면, 나 새벽을 가르는 닭 울음에 시린 가슴이 아니 되어도 되었을 터인데...
당신에게 처음으로 눈물이 쏙 빠지게 혼났던 일을 기억합니다.

"십자가를 지시겠다니요?"
그건 아니 될 말씀이지요.
우리가 당신을 얼마나 기다렸는데, 그깟 로마 병정들에게 끌려가 수모를...?
당연히 이 베드로가 나섰어야 했습지요.
그러나 이제야 미련한 이놈은 알 수가 있지요. 그래야만 율법과 구원이 동시에 이루어지게 되는 것임을...

이 밤에도 참을 수 없는 것은 그 날의 실수를 만회하고파 당신 앞에서 더욱 자신 있게 대답한 일입니다.
그러나...
그러나... 나는 세 번씩이나...

238

나는 닭이 울기 전 세 번씩이나...

5

그랬습지요

저란 놈은 애당초 이 갈릴리 어느 이름 모를 촌로로 남았어야 옳았습지요
석양 지는 호숫가를 번성한 자손들과 그리고 날 끝까지 믿어준 미쁜 내
아내의 손을 잡고 산보하는 삶도 퍽 괜찮은 세월이었을 테니...

그러나...나는...

오늘도...나는...

당신의 그 눈빛과 음성을 또렷이 너무도 또렷이 기억하는 까닭에 그 짧았
던 세월이 불덩이 같은 설움으로 내 가슴을 휘젓고, 나는 바람결에도 맥없
이 흔들려야만 하는 유칼리 나뭇가지처럼 오늘도 내 세월의 주위를 맴돌
고 있을 뿐이지요...

*연약찬 자에게 주시는 값없는 은혜

언젠가 내가 맡은 청년들에게 그 낙향한 베드로에게 주님이 찾아
오시는 장면을 강해 설교했던 적이 있었다.
이야기의 핵심은 한국어 성경에는 똑같이 표현되는

'네가 나를 사랑하느냐?' 라고 하는 대목이 원어로는 다르게 기

술되어 있다는 것이었다.

당시 화려한 정신 문명을 꽃피웠던 헬라(그리스) 문명은 정신 세계가 발달한 문명이 대부분 그러하였듯 인간이 사용하는 언어에 대해 심할 정도로 구분을 지어 사용하였다.

스테이크 한 번 먹는데도 포크가 몇 개씩 되는 식사를 격식 있다고 생각하듯이 말이다.

그래서 그들은 '사랑'이란 말도 몇 개로 구분하여 사용하였는데, 주님이 처음과 두 번째 물어보신 말은 신적인 사랑, 절대적인 사랑을 의미하는 '아가페'라는 단어였다.

그런데 베드로는 언제든 배신할 수 있는 인간의, 친구간의 사랑 '필로스'의 사랑으로 대답한다.

이미 주님을 배반한 그로서는 아마도 그 말조차도 최선이라 스스로 생각하였을 것이란 생각에 연민이 들었다.

그런데 정말 놀라운 은혜는 그런 베드로에게 다시 세 번째로 되물으신 주님의 질문이다.

바로

"그럼 나에게 그 필로스의 사랑만이라도 줄 수 있겠느냐?"고 물으셨다는 것이다.

그제야 베드로는 필로스의 사랑을 다시금 고백한다.

상처난 자에게, 누가 뭐라 하지 않아도 스스로 괴롭고 좌절한 이

의 높이까지 스스로 내려오신 주님의 한량없는 사랑이 단적으로
보여지는 장면이다.

그런데 이전엔 내가 설교하면서도 못 깨닫던 그 은혜를 그 곳 갈
릴리에서 너무도 맘 아프게 깨달았던 것이다.
그러지 않으려 해도 자꾸만 가슴이 미어지는 듯한 은혜에 엉엉
눈물이 난다.
너무 울어서 지나가는 사람들이 나를 미친 놈 바라보듯 할 정도
였다.

문득 더 울면 안되겠다는 생각이 들었다.
더 울면 내 눈물이 갈릴리 호수로 너무 흘러 들어가 갈릴리 호수
를 바다로 만들어 버릴 것 같더라...

그 날 오후 또 다시 떠올랐던 무지개를 바라보며 나는 주님이 이
땅에 인간의 몸으로 오신 것이 얼마나 큰 사랑이었는지 그리고
얼마나 감격스러운 일이었는지를 온전히 깨닫게 되었다.
그리고 그 옛날 베드로가 부활하신 주님을 만나고 거듭난 후 수
많은 일들을 행하다가 끝내 자청하여 십자가에 거꾸로 매달려 순
교하였던 것이 충분히 이해가 되어버렸다.

빛을 위하여
-이스라엘 갈릴리에서-

그 날,
빛이 되라 하신 님으로
나는 빛이 되었습니다

한때는 폭풍 같은 사랑을 꿈꾸었던
세월이 있어
질척이던 삶에의 애증을 떨쳐내지 못한
불면의 밤을 맞이하여야 했고

가끔은 광야 같은 허허로움을 갈망했던
젊음이 되어
온몸 휘돌아 오른 외로움으로
이방의 어느 담장 아래서
아침을 맞이하기도 하였습니다

사랑에 의한 상처는 더 큰 사랑만으로
치유될 수 있는 법이라고...

노을 빛 능선으로 저물던 사막의 하루는
지독히도 아련했던 내 첫사랑을 닮아
서걱거리던 그 세월로
날 오라 손사래 짓 하지만

그것은 아니 될 말
더 이상의 상처가 두려워
폭염의 대지에서 님의 이름 부르던
갈증의 그 세월로
조심스레 발걸음을 옮기고 있었지요

기어이 님 주신 생명수로 목을 축였습니다
끝내 더 큰사랑을 알게 되었습니다

영원히 목마르지 아니하는
그 생명수는 내게
또 다른 세상과 사랑을,
또 다른 노래와 섬김을 일러주었습니다
그리고 빛이 되었습니다

그러한 까닭에
나는 갈 바와 할 바를
정하지 아니하였으나
님은 내 있을 곳과 내 해야할 일로
다가오셨습니다
그뿐입니다
정녕 이것이 다 인 것입니다

나는 다만 빛이 되라 하신 님으로
빛이 되었을 뿐입니다

*맛사다에서

유럽으로 떠나기 전 다시 찾아간 곳 중에 맛사다라는 곳이 있다.
맛사다는 우리나라에서 다큐멘터리로도 제작 방영된 유대항쟁
유적지이다.
나 역시 학교 다닐 때 배운 이곳이 너무도 인상 깊었던 곳이어서
꼭 가보고 싶었던 곳 중에 하나였다.

정통 유대인이 아니었던 유대 총독 헤롯(기독교인들에게 악명 높
지만 건축 부분에서는 가히 천재적이다는 평을 받고있다)은 유대
반란을 우려하여 자신의 피난처를 축조하였는데 그곳이 바로 천
연의 요새 '맛사다'이다.
목욕탕에서 창고 그리고 저수로까지 그 광야에서도 몇 년을 버틸
수 있도록 만들었는데 정작 그는 이곳을 사용하지는 못했다(다행
이라 해야 하나?)

훗날 두 차례 큰 유대 민란이 일어나자 당시 로마왕(베스파시아
누스)은 티토스라는 장군을 보내어 유대를 멸망시키고 만다.
이름도 팔레스타인(유대인의 적- 블레셋 사람들의 땅-이란 뜻)
이라 명명해 버리고...
예루살렘은 넉 달만에 함락되어 버리고 그 이후로 유대인들은 고
국에서 쫓겨나 디아스포라의 운명을 걷게 된다.

그 이스라엘 사람들이 마지막으로 항쟁하였던 곳이 발로 이 맛사
다인데 어느 날 사해에서 물놀이하던 베드윈 청년에게 발견되어

전 세계의 자원자들과 지원을 받아 발굴되어 세상에 알려지게 되었다.
새벽 3시부터 힘들게 오른 뒤 6시쯤에야 도착한 그곳에서 잠시
숨을 돌리자 정말이지 장엄한 일출이 시작 되었다.
사해와 모압 땅(지금의 요르단)위로 오르던 태양을 바라보고있노
라니 한 남자가 자꾸만 아른거렸다.

미완의 단상 5
- 어느 바람이 들려준 광야의 연가 -

추신:
이 글은 제가 이스라엘의 '맛사다' 라고 하는 천연의 요새에서 쓴 편지글
입니다.
A.D 70년경 로마의 티투스 장군이 이끄는 로마군대는 이스라엘을 침략하
였고 4개월만에 예루살렘마저 함락시켜 버렸습니다.
많은 이들이 죽어갔고, 그곳에서 살아남은 이들은 이스라엘의 벤 야일 장
군이 이끄는 저항군에 지원하여 민족의 독립을 꿈꾸었습니다.

이 맛사다라고 하는 곳은 이스라엘 남부 네게브 사막 근처에 있는 천연의
요새로써 지상에서 수 백 미터에 이르는 돌산이었습니다.
올라가는 길도 없고, 거의 수직에 가까운 그런 곳 이였지요. 앞에는 죽음
의 바다 '사해'가, 그 너머엔 모압 땅.
그러니까 지금의 요르단의 광야가 보이는 곳이었습니다. 그 외에는 광야,

말 그대로 목마른 광야 뿐이었습니다.

한편 로마의 티투스 장군은 3년에 걸친 공격에서도 맛사다를 함락시키지 못하게 되자, 결국 그 높은 맛사다 정상까지 흙으로 경사로를 쌓아 만들어 공격하게 됩니다.

결국, 경사로가 만들어지고 이스라엘인들의 투항만 남게되는 상황이 되자, 그곳에서 저항했던 967명의 저항군들은 모두 자유를 위해 자살을 하게됩니다.

당시 수도관속에 숨어있던 5명의 생존자에 의해서 밝혀진 이 사실은 요세푸스의, '유대인 전쟁사'에 쓰여지게 되었습니다. 인하여 아직도 유대인 군 입대 선서식은 이곳에서 'No more MASADA'를 엄숙히 선언하며 이루어집니다.

제가 이 곳을 찾았을 땐 올해 일월의 어느 날이었고, 새벽 3시부터 시작한 등정 이었음에도 불구하고, 6시쯤에 겨우 도착하여 일출을 볼 수 있었을 정도로 힘겨운 곳이었습니다.

그곳에 한참을 앉아 있으려니 갑자기 저항군의 일원이었던 한 남자가 떠올랐고, 그 남자가 사랑했을 그리고 그리워했을 한 여자로 인해 맘이 아려오기 시작했습니다.

이 글은 그 남자의 참 마음 아픈 사랑에 관한 단상입니다. 물론 픽션입니다.

제가 훗날 로마의 포로 로마노에 갔더니 콜로세움 앞에 서있는 티투스 개선문에 이스라엘에서 뺏어온 법궤를 들고 입성하는 로마병정들의 부조가 있더군요. 기분이 참 묘했었습니다.

맛사다에서 사랑하는 아내에게...

이곳은 맛사다요.

우린 지금 로마군인들의 집요한 공격을 받고 있는 중이라오.

많은 사람들은 이미 승산 없는 이 싸움에 벌써부터 지쳐 있소.

3년이란 시간은 그러기엔 너무도 충분한 시간 이였소.

수시로 밀려드는 로마군인들 보다 간간이 느끼게 되는 그 절망감이 내겐 얼마나 큰 고통인지 모르오.

나 역시 기어이 살아남아 당신과 내 사랑하는 아이들을 보길 원하오.

아직도 벤 야일 장군을 따라 이 저항군을 지원했던 날, 당신의 눈물어린 그 눈빛과 긴 입맞춤의 느낌을 기억해 낼 수 있소.

전쟁을 알기엔 너무도 턱없이 어렸었던 내 아이들의 자랑스러워 하던 모습 또한 말이요.

이 편지가 당신과 내 아이들에게 전해질지는 잘 모르겠지만, 왠지 써야겠다는 생각이 드오.

설령 바람이 어쩜 날마다 내 주위를 맴도는 이 까마귀들이 당신에게 전해줄 수도 있을 것이란 희망에서요.

그렇소

이 혹독한 기후와 집요한 저항에서도 그 희망이란 걸 배웠소.

언젠가 내 사랑하는 가족과 한 테이블에 앉아, 아버님 귀히 쓰시던 메노라(일곱 개의 촛대로 이스라엘의 종교적 상징)에 정성껏 불을 밝히며 이곳에서의 저항을 이야기 해 줄 수 있는 멋진 남편과 자랑스런 아버지가 되리란...

그 바램은 3년을 넘긴 지금까지도 아침을 깨우는 내 노래가 되었다오.
그 아침마다 저 앞 사해건너 모압 땅에 불처럼 번져만 가는 붉은 태양을 본다오.
참으로 재미나지 않소?
죽음의 바다위로 떠오르는 태양을 통해 삶에의 희망을 지피어간다는 것이?
그러나 죽음 앞에서야말로 한없이 겸비한 내 자신을 만날 수 있었소.
그렇게 하루를 장담할 수 없는 이 암담한 속에서도 하나님은 내게 삶의 존귀함을 일깨워 주셨소.

아, 정작에라도 조심스레 내딛었어야 했었을 삶이었던 것 같소.

그럼에도 난 내 삶의 가장 아름다운 순간을 기억해 낼 수 있소.
예루살렘성 다마스커스 문 앞에서 베다니로부터 나귀를 타고 친정 오빠들과 가던 당신을 처음 보았소.
그 유월절(선지자 모세가 이스라엘인들을 애굽-이집트-의 노예에서 해방시켰음을 기념하는 이스라엘의 가장 큰 명절) 번잡한 슈크(시장)에서도 당신은 더 없는 고요함으로 내 가슴에 내리고 있었소.
한없는 그리움으로 말이요.

당신은 이런 나의 고백에 거짓말이라며 늘 당신보다 나귀들과 더 오랜 시간을 보내던 날 놀리곤 했지.
그러나 그것 아오?

248

그 나귀들 덕분에 난 당신과 내 아이들을 지켜낼 수 있었소.
그것이 그땐 내게 부여된 최고로 신성한 의무였소.

당신과 내 아이들을 지켜 내는 것.
당신과 내 아이들을 지켜 내는 것...

아직도 난 그 빛나는 의무를 내게 준 당신에게 감사하고 있소.
이곳의 생활이 더욱 당신에게 감사하게 한다오.
오늘 벤 야일 장군의 최후의 결정이 더욱 당신에게 감사하게 한
다오.

사실 어쩌면 오늘이 이곳에서의 마지막 일몰을 보게 되는 날이
될지도 모르오.
이곳의 생활은 생각보다 참혹한 상황이라오.
이 맛사다 정상에서 우리가 얻을 수 있는 것이라곤 뜨거운, 아
이 목마른 태양뿐이라오.
수많은 사람들은 투항하여 쓰러져 가는 아이들과 부모들을 살려
내길 원하고 있소.
더 이상의 희망은 없다고 말이요.

그러나 벤 야일 장군은 더 큰 희망이 있다고 하였소.
끝까지 절망이 아닌 희망을 택해야 한다고 말이오.
그건 바로 '자유'였소
그런 까닭에 투항하여 티투스의 노예로 살아가느니 결연히 우리
의 자유를 위해 자결을 하기로 우린 오늘 결정하였소.

그 결정에 967명의 이곳 사람들은 한동안 말이 없이 자신의 가족들을 꼭 껴안아 주기만 하였소.

그냥 말없이 오해 없이 그렇게 품어주는 것...

그것이 나로 하여금 당신에게 이 글을 쓰게 하고 있소.
돌이켜보니 당신과 내 아이들을 그들처럼 그냥 그렇게 오랜 시간 품어 준 적이 없었던 것 같은 아픔 때문이요. 아, 그렇게 오래 품어 준 기억만 있었더라면...

아, 어찌 되었던 난 사실 좀 당황했었소.
왜냐하면 '삶이 곧 희망' 이란 생각에서요.

'삶이 곧 희망' 이다.
맞는 말이요. 그러나 지금은 아니요.
살아 능욕을 받느니 죽어 자유를 누리는 것.
이것이 내겐 더 큰 희망이요.
삶이 곧 희망이라면 희망 역시 곧 삶일 터이니
난 죽는 것이 아니란 생각까지 드오.

... ...

사실 예루살렘을 떠나 이 저항군에 온 뒤 얼마 안 되어 예루살렘이 함락되었다는 소식을 들었소.
그리고 그곳에서 구사 일생으로 살아남아 이 곳으로 합류한 당신의 오빠 야곱에게서... ...

... ...

당신의 오빠 야곱에게서... ...

... ...

당신과 내 아이들 역시 그 때 로마군인들에게 죽었다는 소식도
듣게 되었소.

... ...

당신과 내 아이들 역시 그곳에서 죽어갔다는... ...

... ...

그것이 벌써 3년 전이요.
그 3년이란 세월동안 나만이 그 사실을 인정하지 않았소.
아니, 인정할 수가 없었소...
인정할 수가 없더라고...

... ...
그러나 염려는 마오.
그 덕분에 난 늘 희망찬 미소와 여유로 이 저항을 할 수 있었던

것이요.
그 소식을 접한 후 이곳에서 내가 할 수 있는 유일한 일은 '희망'
을 지니는 것 뿐 이었으니까.

그러나 오늘 내겐 또 다른 희망이 생겼소.
당신과 내 아이들 곁으로 돌아가는 것!

이젠 더 이상 당신을 두고 떠나지 않으리라…
이젠 더 이상 당신을 두고 떠나지 않으리라,

나 그토록 울게 만들던 그 이별이 두 번 다시 되풀이되지 않게
하리라, 다짐하는 것이 오늘의 내 유일한 희망이요.

내일이면 난 아침을 깨우는 정겨운 참새들의 울음소리와
일몰을 수놓던 수많은 까마귀들의 멋진 비행을 더 이상 못 보게
될 것이요.
이는 슬픈 일임이 틀림없으나,
나 내일이면 당신을 다시 볼 수 있으니 행복하오.
'희망이 곧 삶' 일터이니 나 죽지 않으리라.
나, 기어이 당신 곁으로 살아가리라.

다시 한번 내 생의 빛이 되어준.
내 빛나는 여인에게 경의를 표하오
"사랑하오"

순식간에 이 글을 써놓고 보니 내가 마치 그 남자라도 된 양 너무도 마음이 아려왔다...

아, 그런 전쟁 같은 사랑을 영혼에 문신처럼 새겨 놓은 채 살아가는 이가 어디 그 하나 뿐이었으랴..

*때를 넘긴 사랑에 대하여

여행에서 돌아온 후 나는 우연찮게 영화 한편을 보았었다.
제목이 '시월애' 라고 하는 영화다.

'때 시, 넘길 월 ,사랑 애 '자 이니 굳이 의역하자면 '때를 넘긴 사랑' 이 될 듯 싶다.

한 여배우가 허공을 응시한 채 멍하니 앉아 있는 모습도 인상적이었지만 그 포스터에 쓰여졌던 홍보 카피가 며칠동안 나를 아득하게 만들고 말았다.

"사랑이었다는 것을 너무 늦게야 알게 되었습니다"

그 홍보 카피는 그 여배우의 넋잃은 표정과 너무도 닮아 있어서 나는 무척이나 정적인 그 포스터에서 대성 통곡의 서러움을 느끼고 말았다.
결국 어렵사리 그 포스터 사진을 구해 내가 정말로 좋아하는 풍경 '흐르는 강물처럼' 의 영화 포스터 옆에 나란히 붙여 두었다.

이상한 일이었다.

두 영화의 메인 칼라인 그린과 레드는 전혀 어울리지 않을 것 같았는데도 막상 함께 보니 묘하게 조화를 이루고 있었다.

… … …

누구나 살아가면서 잊지 못할 사랑을 만난다고 했다.

그리고 잊지 못할 이별도 한번쯤은 하게 된다고 말이다.

이 스산한 세월을 거닐며 잊지 못할 사랑을 나누고 있다면 그것은 필경 축복이라고 나는 생각한다.

거기에 비하면 평생에 잊지 못할 이별이란 것 역시 축복까지는 아닐지라도 그런 이별을 가슴에 품으며 산다는 것 역시 감사한 일이라 생각한다.

우리는 사랑에 흥분하며 감격하는 법에는 너무도 익숙하면서도 이별에 감사하는 법에는 여전히 낯설다.

이별이란 것이 남겨진 이에게는 아픔과 서러움으로 남겨지기 때문인 것이다.

이 이별이란 것은 광야에서 홀로 맴도는 하마탄(모래 폭풍)같이 서러워서, 혹은 그리움으로 흐르다 어느새 내 영혼으로 다시 고여오는 빗물과도 같은 외로움이라 우리는 종종 유성처럼 우리의 영혼에 박히고야마는 미련 때문에 화들짝 놀라고 마는 것이다.

그나마 이 이별이란 것에 감사하기까지는 얼마나 많은 눈물과 아픔의 세월을 가로질러야 하는가?

254

나도 모르는 사이 강물처럼 내 영혼으로 밀려와 또 다시 썰물처럼 **빠져나가는** 그 이별이란 것은 차라리 또 다른 이름의 절망인 것이다.

그럼에도 이 이별에 감사할 줄 아는 사람은 얼마나 복된 사람인가? 적어도 그 사람은 이제 자신만을 사랑하므로 곁에 있는 사랑과 소중한 일상을 만홀히 여기거나 소홀히 대하지 않을 테니 말이다.

그들은 이미 알고 있는 것이다.
우리의 세월이 생각보다 **짧을** 수도 있고, 또한 그 사랑만 하기에도 **빠듯한** 세월에 '사랑'이란 것이 내 앞에 다가온다는 것이 얼마나 감사한 일인지를 말이다.

그래서 한번 이별을 경험한 사람들은 그들 앞에 다가온 사랑을 더 잘 구별해 낼 수 있다고 한다.
어떻게 보면 당연한 일이라 할 수도 있겠다.
그들은 이제 더 이상 어리석은 일을 반복하지 않기를 다짐하는 것이다.
그런 의미에서 사랑이 떠난 뒤에야 그 사랑을 깨달은 이들의 삶은 좀더 겸허해 질 필요가 있다.
그동안 상대방을 사랑한 것이 아니라 어쩜 자기 자신을 더 사랑한 것은 아니었던가 스스로 되물으며 말이다.
또한 그들은 떠나간 사랑의 미련으로부터 자유해 질 필요가 있다.
그제야 비로소 그들의 눈엔 그들에게 정말 예비해주신 사랑과 일상이 보이기 시작하는 것이다.

나는 이 한문장의 카피를 처음 보았을 때 문득 목이 메였던 것을 기억한다.

"사랑이었다는 것을 너무 늦게야 알게 되었습니다."

왜 그랬었는지 모르나 그 문장이 한동안 내 입술에서 떠나갈 줄 몰랐다.
그제야 나는 다짐하게 되었다.
내 앞의 사랑과 내 일상들에 대해 좀더 진실하고도 신실하게 나아가자고 말이다.

이별이란 것이 그리 쓸쓸하게만
느껴지지 않던 그 밤...
나는 겸허하게 무릎을 꿇고 말았다.
그리고 기도하였다.
두 번 다시는
사랑을 잃고 난 후,

"사랑이었다는 것을 너무 늦게야 알게 되었습니다"
라는 멋쩍은 고백은 하지 않겠노라고 말이다.

때를 넘긴 사랑이라...
아, 때를 넘긴 사랑이라...

*아름다운 동행

이제 나는 유럽에 얽힌 기억 속으로 잠시 산책을 나서려 한다.
이것은 내게 있어 유쾌한 뱃놀이와 같다는 생각을 지울 길 없다.
그곳에서 나는 베토벤을 만났고 헤세를 만났고 고흐를 만났다.
그리고 수없이 많은 대가들의 흔적을 마주하며 나는 마냥 감격하
였었다.

인류의 사상과, 의식 그리고 역사의 흐름에 불멸의 기준으로 남
아있는 그들의 과거와 현재를 마주하며 내 안에 새로운 전환점을
만들 수 있었던 귀한 대륙이기도 하다.

자, 그러기에 앞서 나는 내가 만난 두 명의 동행에 관해 이야기
하길 원한다.

이 두 분을 추억하는 것은 언제나 즐겁고 썩 유쾌한 일이다.
이집트와 요르단 여행에서 돌아온 후 다시 예루살렘의 한국 식당
에서 나름대로 귀한 세월을 보내고 있었던 나는 어느 날 뜻밖에
손님을 맞게 되었다.
참 감사한 것은 사장님이 목사님이셔서 주일 예배만은 별 염려
없이 할 수 있었다.
물론 주일도 가게는 쉬지 않았으므로 쉬는 날은 없었던 셈이다.
그런데 이전에 한국인 선교사님이 사역하시는 교회에서 예배를
드렸던 적이 있었는데 거기서 내 소식을 접한 이원주 목사님(안
산 명성 교회 부목)이 직접 나를 찾아 오셨다.

물론 서로 초면이었다.

그런데 이전에 학교 다닐 때 선배들로부터 전설적인 선배라는 이야기를 많이 들었었고 특별히 군입대전 신학대학의 얼마 안 되는 해병대 출신(80년 초반까지는 해병대 출신들이 간간이 있었단다) 선배라는 말에 먼발치에서 관심을 가지고 지켜만 보았던 분이다.

그래서 이름도 그때까지 기억하고 있었던...

그런데 그분이 학교 후배가 있다는 말에 직접 나를 찾아 주셨다.
얼마나 감격스러웠는지 모른다.

한참 이야기를 나누다가 그분이 여쭈었다.

이 목사님: 야...근데 넌 왜 여기에서 일하고 있냐?

나: 아프리카 가려고 돈 모으고 있어요...

이 목사님: 아프리카는 왜?

나: 모르겠어요...

　　왠지 가야 할 것 같아요.

　　그곳에 왠지 나를 위해 예비하신 특별한 그 무엇이 있는 것
　　같아요...

사실 그랬다.
원래 여행 경비를 모으고 있을 때의 내 목표는 아프리카 종단이었다.
이집트에서 남아프리카까지...
그리고 다시 사하라 횡단 ...

그런 다음이 내 지난 루트(유럽과 아시아 횡단)였었다.
물론 유태인 밑에서 일하는 것이 너무도 지긋해져서 그만 두었지만 말이다.

어찌되었던 그분이 말씀하셨다.

이 목사님: 야...잘 됐다
　　　　　나랑 같이 가자
　　　　　나도 한 1년 정도 시간이 되거든...
　　　　　그리고 한국에 다시 들어가 집사람이랑 아이들 데리고
　　　　　다시 나와야돼...

나: (허걱!!!)
순간 머릿속에 만가지 생각이 교차하더라.
학교 선배(우리 신학 대학은 선후배간의 위계 질서가 칼이었다)
에다가 해병대 선배라...
이거 완전 꼼짝 마라! 아닌가... ㅜㅜㅜ

그런데 놀랍게도 내 입에선

"예, 그러죠"
라는 대답이 선뜻 나와버린다.
여행 후 돌이켜 보니 그 분 역시 여호와 이레였다.
그분은 오히려 지난 내 여행이 좌로나 우로나 치우치지 않도록
중심을 잡아주셨고 특별히 연륜과 인내로 든든한 동행이 되어 주

섰다.

게다가 해병대 둘이 뭉쳤으니 가끔 빚어졌던 현지 사람들과의 마찰에도 아주... 매우 훌륭히(이 부분은 자신 있게 이야기 할 수 있다. 물론 지금은 둘 다 어디 가서 얘기도 못한다. 남부끄러워서...ㅠㅠㅠ) 한민족의 저력을 보여 줄 수 있었다.

특히 그 분은 성서 고고학적으로 매우 박식하셨으므로 나는 이후 이스라엘과 소아시아(지금의 터키지역) 지방 그리고 유럽에 이르기까지 깊이 있고도 훌륭한 가이드를 받을 수 있게 되었다.

또 한 분은 스페인 마드리드에서 만난 은주 누나(이분은 대전의 모 백화점에서 근무하다 터키의 카파토키아 사진 한 장에 매혹당해 멀쩡히 잘 다니던 직장을 그만두고 여행을 나온 멋쟁이이다. 훗날 이분은 유럽 일주만을 계획하였던 자신의 일정을 취소하고 우리와 함께 유라시아 대륙횡단에 동행하였다)이다.

나는 이분께도 참 감사한 것이 그 성질 더럽다는 해병대 출신 둘 사이에 늘 불평한번 하지 않고 이것저것 챙겨 주었다.

특별히 이분은 삶과 사람에 대한 관심과 애정이 우리 못지 않아 참 유쾌한 동행이 되어주었다.

자그마한 체구에서 어떻게 그런 강단이 생기는지 의아할 정도로 참 지혜로웠다.

성품이 온유한데다가 정도 많아서 만나는 사람과 삶에 대하여 따스한 호기심으로 늘 긍정적인 지지를 하였다.

어찌 되었든 우리는 지난 여행기간 중 마치 남매들처럼 자신들의 꿈과 지난날의 기억 그리고 소소한 가정사에 이르기까지 다 공유

260

하게 되었다.

그렇게 여행을 다니다 보니 동남 아시아에 이르러 각자의 일정으로 두 분이 먼저 귀국하는 날 며칠동안 몸이 아플 정도로 정이 많이 들었다.)

내가 특별히 두 분께 감사한 것은 여행 중 틈틈이 내가 쓴 시들의 무조건적인 지지자가 되어주었고 또한 그 시들의 모니터링도 해 주셨다는 것이다.

특히 가족 사랑이 극진하셨던 이원주 목사님은 울적해질 때마다 내게 맛사다에서 쓴 편지글을 읽어 달라고 말씀하셨는데 호젓하게 목소리를 깔고 읽을라치면 그 글이 채 끝나기도 전에 항상 눈시울이 붉어지시곤 했다.

은주 누나 역시 내가 새로운 시를 낭독할 때마다 너무도 많은 격려를 해주어 시작에 대한 열정이 식어지지 아니하도록 독려해 주셨던 것이다.

귀국하여 다들 살기가 바빠 비록 한번밖에 못 만났던 우리지만 내가 그러하듯 이 삭막한 세월에 훈훈한 모닥불과도 같은 존재로 서로를 기억할 것이라는 확신이 들 정도 아름다운 동행들이다.

아무리 힘들고 어려운 여정이라 할지라도 아름다운 동행 하나로 그 모든 기억이 새로워진다는 것...

이 두 분을 통하여 주님이 내게 주신 귀한 은혜이다.

*베들레헴

때가 이르러 어느덧 이스라엘을 떠나 유럽으로 향하게 되었다.
원래 내 바램은 몇 개월 정도 더 일을 하여 아프리카를 종단하고
싶었었는데 그만 유대인 밑에서 일하면서 그리고 불법 취업자로
서 여러 가지 말못할 고생을 하며 이스라엘에 대한 온갖 정이 다
떨어졌다. ㅠㅠㅠ
그냥 떠나고 싶었다.
하루라도 더 있는 것이 곤욕이었다.
맘에 걸리는 것이라곤 이-팔 관계 악화 이후로 바로 폐쇄 조치가
내려져 못 가본 예수님의 탄생지 베들레헴 딱 하나 뿐이다.

예수님의 사역지와 운명하시고 부활하신 곳까지 모두 순례하였
던 나로서는 베들레헴을 못 가봤다는 사실에 유럽으로 발이 잘
떨어질 것 같지 않더라.
서양 애들은 아예 갈 엄두도 못 내고 깡 좋은 한국 애들도 그 당
시엔 안 갔을 정도로 외국인들에 대한 테러도 심해졌었던 시절이
었다.

그런데도 꼭 가야겠더라.
결국 사소한 것에 나는 목숨을 걸었었다.
식당 일을 그만두고 런던행 비행기 티켓을 끊고 며칠의 시간이
남았을 때 내가 다시 순례한 곳은 갈릴리와 예루살렘이었다.
그럼에도 마음 한 구석에는 늘 베들레헴에 대한 부담이 생기곤
하였다.

262

결국 이원주 목사님과 앞으로 우리의 여행 계획을 논의하다 그 이야기를 하게 되었다.

나: 저 이스라엘의 마지막 순례로 베들레헴을 다녀 올까해요.
이원주 목사님: (근심 어린 눈빛으로) 야...요새 거기 못 들어가. 분위기 정말 안 좋아... (훗날 알게된 사실이지만 이 분이 이 정도로 얘기할 정도면 진짜 안 좋은 것이다)
나: 가려구요...

내가 베들레헴으로 향하던 날 이원주 목사님은 내 곁에 계셨다.
그리고 가이드 하시면서 몇 번씩 가보셨다는 그 곳을 나를 위해 위험을 무릅 쓰고 동행해 주셨다.
지금도 생각하면 할수록 참 속이 깊으셨고 감사한 분이시다.
베들레헴의 예수님 탄생지는 사람이 거의 몸을 반쯤 숙여야 들어 갈 수 있을 정도로 출입구가 좁다.
역사가 증언하기를 십자군 전쟁 때 페르시아 기마병들이 못 들어 오도록 일부러 그렇게 막았다고 하는데, 이제는 만유의 구주가 나신 곳을 겸비한 마음으로 들어오도록 문이 낮다고 하는 신앙적 인 해석을 한다.

막상 이스라엘을 떠나려 하니, 참 만가지 생각이 떠올랐다.
무엇보다도 연약한 자의 무릎을 세우시고 이곳까지 부르셔서
홀로 설 수 없는 자를 여호와 이레의 귀한 사람으로 세우게 하신 주님...
아...눈물이 핑 돌더라.

베들레헴에서 돌아오던 길에 잠시 들렸던 유대 광야에는 내 님의
귀한 사랑이 지는 석양과 더불어 온 사방에 퍼져 가더라.
나 외에 내 주변의 모든 만물들이 높으신 주님을 지극히 찬양하
더라.

*에필로그

"내 안에 너울져도 늘 그리운 그대"

1
서문에 밝혔듯 이번 여행이 내게 준 가장 큰 선물은 인류애 다시
말하면 휴머니즘입니다.
사실은 나처럼 평범한 인생이 누군가에게 고백하기에는 너무도
감당 못할 주제이지만, 이것은 나에게 있어 인류의 한 구성원으
로서의 자존심과 긍지.
그리고 타인을 존중해주어야 할 의무와 타인에게 존중받아야 할
권리를 의미합니다.

이런 연유로 여러 나라를 여행했지만, 나는 선진국과 후진국의
차이를 생활 수준에 의해서가 아니라 이러한 의식에 대한 시민들
의 자각으로 구분하였습니다.
그 휴머니즘에 대한 올곧은 이해는 적어도 나에게 있어서는 오늘
하루를 잘 먹고 잘 사는 것보다 더 중요하기 때문입니다.

2

그리고 또 하나의 귀한 선물은 현상으로서의 사막을 본질로서 이
해 할 수 있게 되었다는 점입니다.
내 안에도 내가 건너야 할 황폐한 그리고 내 버려진 사막이 있음
을 나는 알아 버리고 말았습니다.

힘겨운 일임이 틀림없겠으나 나는 이제 그 사막에 강을 내고, 새
가 지저귈 수 있도록 푸른 숲을 만들기를 소원합니다.

사랑...
사랑...

인류의 구성원이라는 자부심이 주는 자신과 타인에 대한 적극적
이고도 무조건적인 사랑...

이보다 더 큰 가치는 세상에 없는 것입니다.

3

내 안의 사막을 가르며 돌아오던 날 그 곳에서 한 남자를 마주하
였습니다.
잃어버린 사랑 찾아 먼 길 떠나온 한 남자를 말입니다.
아무렇지도 않은 척 살고 말았지만 차마 건네지 못한 사랑에 대
한 미련으로 가슴 한 구석이 아련하여져 도저히 견딜 수 없었던
한 남자를 말입니다.

그는 아프리카를 꿈꾸며 떠나왔지만 결국 그러지 못하였다고 합니다.

그는 휑뎅그렁한 눈빛을 간간이 보이던, 참 고요한 호수를 닮았던 그런 남자였습니다.
나는 그를 주제로 몇 편의 시를 썼으나 그에게는 차마 읽어주지 못하였습니다.

그는 내 기억에만 잠시 머물렀을 뿐 긴 유성처럼 광막했던 그 사막 어딘가로 이내 사라져 버렸던 까닭입니다.

사막에서 금을 캐는 남자 1

잃어버린 사랑 찾아
이 사막까지 왔다했다
헤어진 사랑 어느 날 홀연히
아프리카에 간걸 안 뒤
그 사랑에게 해줄 말이 갑자기 생각나
예까지 왔다했다

참 고요했던 그 남자
만났냐니까
고개를 흔든다
돌아가느냐 물으니
역시 고개를 흔든다
그럼 이 넓은 세상에서 계속
그 사랑 찾아 헤맬거냐 물으니
그 남자 하늘만 보더라
나도 하늘만 보았다

더 묻기가 너무 슬퍼져
하나만 더 묻기로 했다
만나면 무슨 말을 꼭 하고 싶어
이 먼 걸음 하게 됐냐고
그 남자 말해주길
이젠 하고팠던 그 말도
기억 안 난다 했다

행여 어느 대륙 모퉁이에서라도
옛사랑 스칠 수만 있게 된다면
따스한 눈빛으로 잠시동안만이라도
바라만 보고 가겠다 했다
단지 오랜 세월 주지 못했던
그 따스한 눈빛 한번 건네주고
돌아가고 싶다고...

그리고 그 남자
내 눈빛만 따스하게
만들어 놓고
황혼너머 어디론가
사라져버리더라

사막에서 금을 캐는 남자 II

굳이,
왜 사막이냐고
그 남자에게 물은 적이 있었다

'모르겠어...
왠지 그 곳에 가야 될 것 같아'

예의 휑뎅그렁한 눈빛으로
그 남자,
하늘의 별을 쫓다
한참 후에야 말했다.

'그 곳에...
그 곳엔 금이 있어
나 한시도 그 꿈을 잊은 적이 없어
...
이젠 가야할 것 같아'

그는 취한 듯 비틀거리며
일어 섰었다
서러운 늑대마냥 하늘 바라던
그는,

'사막에서 금을 찾으면,
만약 사막에서 내가 금을 찾으면
네게 달려와 모두 주어 버릴래...
난 금을 어떻게 써야 할 지
한번도 생각해 본 적이 없거든...'

금 길같던 사막을 걸어가던
그는,
나를 향해 그렇게 소리쳤었다

그리고 그는
달빛 차가운 사막을
찾아 가노라 말했었지만
나는 믿지 않았다

나는 알고 있었다
그가
'때론 금보다 더 빛나던 한 여자'를
찾아 헤매고 있음을...

때론 금보다 더 빛났었던
한 여자를 말이다

사막에서 금을 캐는 남자 Ⅲ
-때론 금보다 더 빛나던 여자-

시월의 사막을 닮았었던
한 남자의 미소를
아직도 기억합니다
더없는 광막함으로 흐려졌던
그 눈빛 역시
살아가다 가끔씩은 생각이 나겠지요

나는 그렇게...
이방의 어느 고요한 호수
내려다 보이는 언덕에서
그를 다시 보았습니다

폭염 아래서...
목이 마른듯 타는 입술을
훔치던 그는
한참을 서 있었습니다

이젠 돌아갈 수 없는 나의 이름에
여전히 목이 메여서...
그는 하늘만 바랐었지요

언젠가 이처럼 별이 가득한

호수가에서 그가 말해 주었습니다
떠나는 이의 뒷 모습이
슬퍼 보이는 것은
그를 옆에서 지켜 줄 수 없는
자신 때문이라고...

사막으로 노을이 스미고
달이 차오르도록...
그리고
별이 지도록...
그는 그 세월처럼
한참을 서 있을테지요

그런 까닭에...
오늘은 그런 그의 뒷 모습에
나만 울컥 슬퍼집니다